名师名校名校长

凝聚名师共识
回应名师关怀
打造名师品牌
培育名师群体
昭明遠影

把红楼故事
讲给学生听

周华 著

吉林文史出版社

图书在版编目（CIP）数据

把红楼故事讲给学生听 / 周华著. — 长春：吉林
文史出版社，2023.6
ISBN 978-7-5472-9481-9

Ⅰ.①把… Ⅱ.①周… Ⅲ.①《红楼梦》研究—青少
年读物 Ⅳ.①I207.411-49

中国国家版本馆CIP数据核字（2023）第116219号

把红楼故事讲给学生听
BA HONGLOU GUSHI JIANGGEI XUESHENG TING

著　　者：周　华
责任编辑：刘姝君
封面设计：言之凿
出版发行：吉林文史出版社
电　　话：0431-81629369
地　　址：长春市福祉大路5788号
邮　　编：130117
网　　址：www.jlws.com.cn
印　　刷：北京政采印刷服务有限公司
开　　本：170mm×240mm　1/16
印　　张：14
字　　数：224千字
版 印 次：2023年6月第1版　2023年6月第1次印刷
书　　号：ISBN 978-7-5472-9481-9
定　　价：58.00元

序 言

用故事开启《红楼梦》整本书阅读之旅

　　这是一本写给中学生读者的书，也是部编版教材必修下册第七单元《红楼梦》整本书阅读教学内容的实践成果。

　　《红楼梦》整本书阅读作为单元教学内容，一个基本要求是通读全书，而事实却是绝大部分学生没有通读《红楼梦》，理由是没时间、没精力、没兴趣、读不懂……导致这种现象的根本原因，在于学生受审美能力限制，对《红楼梦》文本的好处、妙处、幽微处、高明处、深刻处领会不全面，缺乏阅读兴趣与持续阅读的动力。

　　针对这种情况，在《红楼梦》整本书阅读教学中，教师运用"先行组织"的教学策略，有效引导学生走进文本。教师以故事的形式，呈现文本中精彩的、经典的，或是容易误读的内容，让学生在好奇心和兴趣的驱使下，得到红楼世界的间接经验，并因此喜欢上书中一个个丰富鲜活的人物，迷恋"最好的语言"和"最独特的结构"，共鸣各种幽微细腻的心理活动。在这些间接经验的引领下，学生会一次次地走进文本。只要学生能捧起书，《红楼梦》定能让他们回味无穷。

　　以故事的形式导读《红楼梦》，是教师结合课标、名著内容及学生心理特点反复斟酌的结果。课程标准中关于整本书的阅读策略，第二条指出，从"最使自己感动的故事"入手，反复阅读品味，深入探究，体会文本的丰富内涵。《红楼梦》中的故事，虽多不可数，但都不是那种一下就能吸引中学生的，有大起伏、大是非、大悬念的，扣人心弦的故事，大多为日常的、乍一看平平无奇的闺阁琐事，再加上前五回的阅读难度较大，会将很多中学生读者拒之门外。

本书尽量使用学生易于接受的语言，深入浅出地讲述书中内容，引导学生在听故事中感受《红楼梦》的艺术魅力，进而设置学习任务，驱动学生阅读探究，引导他们从最使自己感动的故事、人物、场景、语言等方面入手，反复阅读品味，深入探究，欣赏语言表达的精彩之处，梳理小说的感人场景及整体的艺术架构，厘清人物关系，感受、欣赏人物形象，探究人物的精神世界，体会小说的主旨，研究小说的艺术价值。

此书立足于《红楼梦》整本书阅读的核心问题，重点展示教师先行组织的故事及学习任务，后面附录中展示了教学实践现场及学生专题研究成果。教师先行组织的内容，紧紧围绕部编版教材要求的《红楼梦》整本书阅读要解决的六方面问题来开展，分别是：

（1）讲《红楼梦》故事，感受主旨的丰富性。

（2）讲《红楼梦》故事，把握前五回的纲领性作用。

（3）讲《红楼梦》故事，体味人物形象的多样性与复杂性。

（4）讲《红楼梦》故事，品味日常生活细节表现的丰富内涵。

（5）讲《红楼梦》故事，感受《红楼梦》的情节特点。

（6）讲《红楼梦》故事，品味《红楼梦》的语言特色。

实践证明，讲故事的方式能降低学生阅读的畏难心理，激发学生阅读兴趣。在这样的引导中，学生或主动或被动地走进著作中，他们读着读着，不知不觉进入了大观园，进入了怡红院、潇湘馆，对其中人物或爱或憎，与人物同悲同欢，甚至化身为贾宝玉或林黛玉，去歌去哭。这时，他们不仅把《红楼梦》当小说来读，而且把它当作真实生活去经历、去体验、去品味。他们读了还要读，边读边谈人，谈事，谈美，谈丑，谈聚散，谈悲喜，谈本该圆而竟未圆的结局，谈本难避免竟避免了的各种际遇。只要继续读下去，《红楼梦》还是百科全书，可以带给学生各种领域里的知识与见闻，如服装、菜肴、诗词等。《红楼梦》还可能是学生哲学的启蒙，妙语的星汉，幽默的河流，智慧的山川……这一切可能的前提皆是学生把书读起来。并且只要他们读起来，这部经典会用诸多奥妙的语言润泽他们的心灵。

　　本人并非红学专家，难免见识浅陋，但因为《红楼梦》整本书阅读教学是高一语文的教学内容，所以做了一些实践探索。我所讲述的红楼故事，是我的阅读感受与生命体验，但这些都是在读文本、读相关专著和他人文章的过程中产生的，所以很多观点，并不全然是我的观点，但因为认同，所以成为我的认识，被融进了我所讲述的故事中。

　　书中配有广东仲元中学吴琳、钟康妮、王晓非三位同学的插图，可谓图文并茂。

用创意表达激发《红楼梦》阅读兴趣的实践探索

对于《红楼梦》的整本书阅读教学，众多一线语文教师都颇感棘手。同时，《红楼梦》因其特殊的文体和较高的文学性，让许多学生望而却步。

对此，在教学实践中，我们开展了"红楼故事我来讲""辨音识得红楼人""红楼经典对白""宝玉挨打后的朋友圈""请红楼人物来吃饭""为红楼人物找对象"等创意主题活动，来激发学生的阅读兴趣，引导学生在文字的品读中，感受《红楼梦》深刻迷人的主旨，丰富多彩的人物，细密幽微的情感经历，耐人寻味的日常琐碎，精妙无比的语言艺术，等等。下面简要介绍其中的三个实践活动。

一、红楼故事我来讲

《普通高中语文课程标准（2017年版2022年修订）》将"整本书阅读与研讨"列于18个任务群之首，共列出5条整本书阅读的学习目标与内容，其中第二条中有"从最使自己感动的故事、人物、场景、语言等方面入手"这样的表述，这就是一个极好的教学提示。鉴于学生初读有难度，所以教师成为讲述红楼故事的先行者，通过梳理一些贴近学生审美水平的红楼素材，将其重组为可亲可爱的故事，把经典艺术的价值通过可感的形象体现出来，将学生的生命体验和红楼世界里丰富的人生智慧融合在一起，从而激发他们自主阅读的兴趣。

在探究"体味人物形象的丰富性与复杂性"这个专题时，教师给学生讲了"聊天达人王熙凤"和"裙钗可齐家"的故事，向学生展示王熙凤非比寻常的各种能力。在聊天中，她照顾全场的高情商表达，手到擒来，出类拔萃，"竟像个嫡亲的孙女"，一石三鸟，让贾府三姐妹、贾母及客人林黛玉等人无一不听着舒服；"也算是心到神知了"，一语既出，顿时化解王夫人、邢夫人等给贾敬拜生日但寿星却在炼丹的尴尬；"福寿窝"，形象生动、戏谑幽默地接上贾母讲小时候磕碰后额头留下伤疤的事。此类故事，让学生既直观感受了王熙凤的说话水平，又认识到了《红楼梦》的语言艺术魅力。

会说，是王熙凤的强项；能干，更是王熙凤的标志。在"协理宁国府"时，她一上任便投入工作，火眼金睛梳理问题："头一件，人口混杂；第二件，事无专执；第三件，需用过费；第四件，苦乐不均；第五件，家人豪纵。"随后便精准施策，专人专职，直把个宁国府收拾得井井有条。可谓"心心在一艺，其艺必工；心心在一职，其职必举。"

在故事中，学生轻轻松松感受到文本的丰富意蕴，获得成长价值。

当然，我们的教学目的不是听听故事这么简单，在故事引领下的自主阅读与思考才是目的。目标也许遥远，但只要出发，就能到达。一个个故事，伴随一次次任务，把学生和红楼文本紧密联系在一起，不断碰撞出美丽耀眼的火花。以王熙凤人物故事专题中的学习任务为例，学生的学习成果就体现出认真读过书、观点有理由、表达有层次的特点。（学习成果见附录示例）

例如，高一（2）班梁曦雯同学的《王熙凤，何等人也》一文的前两段：

有头有脸王熙凤，虽然说了一句"我来迟了"，但她其实是到达得恰到好处之人，一到即艳光四射。"这个人打扮与众姑娘不同，彩绣辉

煌，恍若神妃仙子：……丹唇未启笑先闻。"未见其人，先闻其声，这是王熙凤的首次出场。（中间省略了学生抄录的原文）

王熙凤是何等人？她是金陵世族王家的女儿，是贾琏的妻子，是贾母最为器重的孙媳妇，是荣国府的当家奶奶，是大家伙儿口中的"凤辣子"。

第一段，既有学生自身的阅读体验，也有原文精彩片段的摘录引用；第二段的自问自答，既有语言的魅力，又有自我阅读的审美判断。

这样的开篇来源于文本，富有主见，体现了学生自主阅读的价值。

再如，高一（1）班何清晖同学的《道不尽的王熙凤》，其文章各段开头如下：

①"王熙凤的形象，可谓好看，可谓复杂，可谓三言两语说不清。"

②"王熙凤的长相与穿着已经是我能感受到的极致高贵。"

③"其精明能干，条理清晰的治家才能……虑事周到，分工合理。在第一回至第二十回体现得淋漓尽致……"

④"……争强好胜、表现欲强的本性。这既是王熙凤的性格弱点，也是其性格亮点。在协理宁国府时……"

⑤"王熙凤还是特别心狠手辣、善于算计的一个人。在第十三回中……"

⑥"最后，我还想说说她贪婪自私、恃强凌弱的一面。在铁槛寺……"

这样的文章，一眼看过去就能感受到王熙凤人物形象的多样性，体现题目的"道不尽"。

还有诸多其他人的各种故事讲述，如《不语婷婷薛宝钗》《诗才横溢的薛宝钗》《思维敏捷的林黛玉》《高智商的"刀子嘴"》《这个可爱的姥姥》等。一个个故事的组合与讲述，让《红楼梦》像一个装满精灵的小魔法屋，吸引着学生谈了这个，还想谈那个，秦可卿、贾瑞、尤二姐等，每一个角色都让学生从兴奋到沉静，从感慨中收获成长。

二、为红楼人物来配音

讲故事是个好办法，此外，还需要更多办法，来更充分地调动学生的主体能量。例如，开展"为红楼人物来配音"学习活动，在口语艺术的表达中，琢磨人物心理，体察人物性格，感知细节传神之美。

学生在教师展示的1987年版《红楼梦》电视剧对白的启发下，演绎出诸多有趣、多样的对白。《红楼梦》的语言从书中走进学生心里，跳跃于口头，正是"经典会说话"，经典在说话。

学生呈现了许多经典对白。例如，俏平儿软语救贾琏的故事，学生表演贾琏、平儿、王熙凤的对白，一名学生通过语言和表情等小细节，把平儿的娇俏可爱，以及逃避贾琏时的机灵聪敏，淋漓尽致地表现出来，让大家看到一个行走在贾琏之淫与凤姐之威中聪颖活泼的平儿。

这种方式符合现代中学生爱求新、爱创造、爱表现的特点，提高了他们研读文本的积极性。当然，每种方法都有热度保鲜期，当学生表演与观看表演的热情下降时，新的创意表达活动就该登场了。

三、开展红楼创意活动

随着学生阅读量的积累与鉴赏能力的提升，各种创意活动也不断升级，以使学生保持阅读探究的热度。例如，"宝玉挨打后的朋友圈""辨音识得红楼人""为红楼人物找对象""我为红楼结尾"等活动。用斯嘉丽的说法就是"办法，总是有的"。所有的办法，目的都在驱动学生用心读书、快乐思考，还可偶而搞笑。

整本书阅读教学，要从通读作品向读通作品的目标迈进，这也是这个任务群的核心要义。要使学生一路走来，如行走于崇山峻岭的山荫道中，目不暇接；如行船于大川瀚海的波澜之上，心旷神怡。

目 录

第一章

感受主旨的丰富性

鲁迅先生将《红楼梦》定义为"清之人情小说",并且论述小说的主题道:"经学家看见《易》,道学家看见淫,才子看见缠绵,革命家看见排满,流言家看见宫闱秘事。"

《红楼梦》"正因写实,转成新鲜",写实却又不能实话实说,导致小说主旨乍看之下显得扑朔迷离。小说以两条线索展开故事情节,主线围绕贾宝玉、林黛玉、薛宝钗三人的感情发展、婚恋结局展开叙述,其间风花雪月,醋妒娇任,生离死别,可谓缠绵不绝。副线围绕贾氏家族的荣辱兴衰展开,道尽盛极而衰的种种辛酸和社会百态。小说围绕这两条线展开了跌宕起伏的情节,内容包罗万象,主旨众说纷纭。不同读者,能够读出不同的人生况味,但是哈姆雷特必须是哈姆雷特,《红楼梦》的主旨也必须由其文本决定。

下面我们从揭示小说主旨的角度讲故事,看作者赋予人物怎样的经历和性格特点,并据此感知红楼世界思想的光芒。

薛宝钗、林黛玉、贾宝玉

作者：广东仲元中学高一（2）班钟康妮

一块高贵而不得志的石头

《红楼梦》这个大舞台首个出场的是一块石头，要看清楚它，目光得穿越凡尘，抵达天际，看那"大荒山无稽崖"处。女娲为整顿宇宙天地，炼出众多五彩石以补苍天，此石乃其中一块。此石"高经十二丈、方经二十四丈"，可谓高大魁伟，"自经锻炼之后，灵性已通，自去自来，可大可小"，可谓仙气十足。而且，女娲所炼之补天石，可不一般："往古之时，四极废，九州裂，天不兼覆，地不周载……于是，女娲炼五色石以补苍天……苍天补，四极正；淫水涸，冀州平；狡虫死，颛民生。"显然，这是一块有来历、有本领、有颜值的石头。

不幸的是，此石最后成为那"单单剩下一块未用"、被"弃在此青埂峰下"、"无材"可去补苍天的"落榜者"。带着拯救世界的凌云壮志出生，临阵前却落选，还"独自己"，连个彼此慰藉的难兄难弟都没有，所以，只得"自怨自嗟，日夜悲号惭愧"。由此看来，纵然出身于女娲之手，带着补天神谕，也难逃"不如意事十之八九"的石生际遇啊。

但天无绝"石"之路，这不，"正当嗟悼之际，俄见一僧一道，远远而来，生得骨格不凡，丰神迥异"，说道"红尘中荣华富贵"。这石便抓住转型际遇，恳请僧道携它去"富贵场中，温柔乡里"享受一番，

3

僧道二人见此石"鲜莹明洁""甚属可爱",也耐不住石头凡心炽烈,诚恳托求,便"袖了这石",飘然而去。

从此,石头幻形入世。人海茫茫,这块石头应该或能够去到哪里呢?此石在女娲手里,被当作补天之材而炼,汉代王充在《论衡》里提道:"……女娲以石补之,是体也。如审然,天乃玉石之类也。"就是说,女娲是用玉石补天,而整个天便是以玉石为本体。女娲补天剩下这块石头自然也是玉,美丽、坚硬、通灵,所以,其行走人间的定位自然不俗——"昌明隆盛之邦,诗礼簪缨之族,花柳繁华地,温柔富贵乡"。昌隆、文明、繁华、富贵,是石头降落人间的底线之选。

石头用什么方式从天际降临人间呢?不是"霓为衣兮风为马"地翩翩而至,而是让贾宝玉出生时"衔下一块五彩晶莹的玉来,上面还有许多字迹",此玉"大如雀卵,灿若明霞,莹润如酥,五色花纹缠护",正面篆文:通灵宝玉,莫失莫忘,仙寿恒昌。背面篆文:一除邪祟,二疗冤疾,三知祸福。如此惊艳亮相,给小说蒙上一层神秘色彩,成为人间诗礼之邦的奇谈。

这块石头,虽为女娲所弃,却为曹雪芹所用。它被用作木石前盟的克星,让宝黛(贾宝玉、林黛玉)初见便因此石电光火石(第三回,托内兄如海荐西宾,接外孙贾母惜孤女),让钗玉(薛宝钗、贾宝玉)有金玉之说的印证(第八回,贾宝玉奇缘识金锁,薛宝钗巧合认通灵),让宝黛钗(贾宝玉、林黛玉、薛宝钗)始终有金玉良缘之忌惮。它还用作逢凶化吉、遇难成祥的吉符,第二十五回中,宝玉、王熙凤被赵姨娘、马道婆施魇魔,百般医治,不见好转,至有生命危险时,是这块玉让他们起死回生。第九十四回,贾宝玉将通灵宝玉丢失后,人就开始疯疯癫癫,神志不清,而玉找回来时,人就好了。

然而,石头的用处越多,尴尬之处也就越凸显。它大费周折来到人间，第一次与读者打照面时，却是在不被理解而使宝玉发生剧烈思想碰撞的惊险时刻。贾宝玉第一次见林黛玉，知道林黛玉也没有玉，"登时发作起痴狂病来，摘下那玉，就狠命摔去，骂道：'什么罕物，连人之高低不择，还说通灵不通灵呢！'""如今来了这么一个神仙似的妹妹也没有，可知这不是个好东西。"玉，被如此狠命地砸，后来还被一砸再砸，却从未被砸碎，但是难免有仙界灵石不懂凡尘情缘之难堪。

其实，这就是一块难堪的石头。虽贵为补天候选之玉石，却"独自己无材不堪入选"，难逃"玉有瑕"之宿命。什么是"玉有瑕"？就是玉有瑕疵，玉有病。这块玉有什么病呢？曹雪芹为什么要在开头讲述这块石头的故事呢？

【学习任务】

1. 请阅读小说的目录，把你认为跟老师讲的这个故事相关的回目写在下面，标清第几回。

2. 小说第一回写了甄士隐的故事，请你用简单的语言复述这个故事，并思考写这个故事有什么用意。

宝玉有瑕

今天的故事，要从灵河岸边三生石畔讲起，且不说那棵"十分娇娜可爱"的绛珠仙草，先把目光集中在赤瑕宫的这位神瑛侍者身上，"瑕"即瑕疵，"瑛"，即玉的光彩。赤瑕宫，神瑛侍者，如此组合，天意已定：宝玉有瑕。

现在，同学们想知道的可能就是这个"瑕"，具体到底指什么呢？

在第一个故事里面，我们单知道顽石在补天大业中落选，但并不知道为什么。那会是因为什么呢？

看第二回，贾雨村有段"正邪两赋"论，说道："天地生人，除大仁大恶两种，余者皆无大异。若大仁者，则应运而生……"这块玉石乃是女娲为救芸芸众生于危难时刻，在"四极废，九州裂，天不兼覆，地不周载"的危困局面下，和其他众多补天石一同打造的，是栋梁之材，是由百分之百的纯正之气所形成的大智慧、大仁人、大作为者。然偶为邪气所赋，"偶秉此气而生者，在上则不能成仁人君子"，所谓"邪气入内，正色乃衰"，因此成了补天大业中的瑕疵品，被淘汰出局。

补天不成，干什么呢？上一个故事已经交代其去向——被带到人间。那贾宝玉又是如何与这神界、仙界联系起来的呢？话说赤瑕宫的神瑛侍者，乃天地正气之所秉者，具大仁大德之怀，行走于灵河岸边，见一绛珠仙草，袅娜可爱，遂以甘露灌之，使其久延岁月，最后得换人形，修成女体。待神瑛侍者凡心偶炽，下世为人，绛珠仙草为报偿雨露之惠，亦下世为人，并发愿，"但把我一生所有的眼泪还他"，这样的仙界奇缘到人间就幻化为宝黛的爱情悲剧。

到此，这块石头在神界绑上一僧一道，在仙界被神瑛侍者携带，成功下凡到人间。这一仙一石，分别幻为人间的贾宝玉及其口中的玉石。我们也随之来到人间，看看"花柳繁华地，温柔富贵乡"里的贾宝玉。

先看第二回，冷子兴在谈论贾宝玉"见了女儿便觉清爽，见了男子便觉浊臭逼人"之论时，说他"必然色鬼无疑了"，还有，贾政也因宝玉抓周时"一概不取，伸手只把些脂粉钗环抓来"大怒而骂"将来酒色之徒耳！"实际上，在贾府、在大观园，贾宝玉确实常常混迹于女儿堆里享受优雅舒适的、有文化、有品位的精奢生活。那同学们说，贾宝玉到底是不是"色鬼"？那必须不是啊。

那为什么让冷子兴这种靠富贵圈发家的古董商如此评价贾宝玉？为什么让其父亲也这样评价自家公子？还有，在第三回，林黛玉初见贾宝玉极有好感，而《西江月》却毫不留情地批判宝玉"于国于家无望""天下无能第一，古今不肖无双"？

所谓"白天不懂夜的黑"，就是说，冷子兴、贾政这些人，其实是不能完全理解贾宝玉的实际才能与生命追求的。

那神界的石头、仙界的神瑛侍者，和这人间的贾宝玉，其实是三个不同空间里的相似的存在。

贾宝玉的人生追求是什么呢？

先看神界那块石头。一僧一道曾劝他，"红尘中有却有些乐事，但不能永远依恃……瞬息间则又乐极生悲，人非物换，究竟是到头一梦，万境归空"。然而，石头毫不动摇要下凡历劫，无论悲欢离合，都要去经历经历。莫言曾说："……只有描写了人类不可克服的弱点和病态人格所导致的悲惨命运，才是真正的悲悯。"这块石头，洞彻了人间不过好事多磨、繁华一梦后，依旧向往人间烟火，流露出对生命深深的眷恋与悲悯之情，这样的情怀也是缘于女娲对饱受痛苦的芸芸众生的悲悯。那同学们看，曹雪芹站在神的高度给贾宝玉的人生追求定了一个调。

再看仙界的神瑛侍者，对着一棵"娇娜可爱"的小草，也大动怜悯之心。莫言曾说："只有正视人类之恶，只有认识自我之丑，……才是真正的悲悯。"我想多加一项，看到所有美好的生命都为其提供所需和自己力所能及的呵护，也算真正的悲悯。神瑛侍者灌溉绛珠仙草，让人联想到观世音菩萨手持净瓶，柳条轻点，普施甘露，大地因此春暖花开，这是仙界的施与，也是人性对美好生命的喜爱、尊重与呵护。到贾宝玉这儿，则表现为对所有青春美丽的女孩的关爱与呵护。

带着对生命本身的眷恋，无论悲欢，带着对美好生命的呵护，无论离合，带着对生命轮回如此通透的认识，无论真幻，石头穿越而来，陪伴着人间的贾宝玉。因此，贾宝玉的天赋秉性里，对生的眷恋、对美的呵护、对轮回的感知，就自然不是功名利禄场里的"禄蠹""禄鬼"所能完全理解的了，即使是其亲生父亲也不例外。

这就是宝玉最大的"瑕疵"！

【学习任务】

小说在开头写石头故事和"还泪"故事，有什么用意？

宝玉是宝

置之于万万人中，其聪俊灵秀之气，则在万万人之上。

这是贾雨村在"正邪两赋"论里提及贾宝玉这类人时对他们的评价。贾宝玉有哪些"在万万人之上"的"聪俊灵秀之气"呢？

一看颜值。

面若中秋之月，色如春晓之花。鬓如刀裁，眉如墨画，眼似桃瓣，睛若秋波，虽怒时而若笑，即嗔视而有情。

面如敷粉，唇若施脂；转盼多情，语言常笑。天然一段风骚全在眉梢；平生万种情思，悉堆眼角。

这是林黛玉眼中的贾宝玉，洁白、圆润、多情、俊美，风度翩翩，举止蔼然。如果只是林黛玉看贾宝玉好看，那可能是所谓的情人眼里出西施，而在其他人眼里，宝玉同样占尽了"长得好"的便宜，第二十五回赵姨娘说：

也不是有了宝玉，竟是得了活龙。他还是小孩子家，长的得人意儿，大人偏疼他些。

第五十六回贾母也说：

就是大人溺爱的，是他一则生的得人意，二则见人礼数竟比大人行出来的不错，使人见了可爱可怜，背地里所以才纵他一点子。

连平常对宝玉非打即骂的贾政，在第二十三回，也因贾宝玉的外形有所动容：

> 见宝玉站在眼前，神采飘逸，秀色夺人；看看贾环，人物猥琐，举止荒疏。

因此，"把素日嫌恶宝玉之心不觉减了八九"。

北静王第一次见贾宝玉，笑道："名不虚传，果然如'宝'似'玉'。"北静王见他语言清朗，谈吐有致，夸他为"龙驹凤雏"。

可见，贾宝玉长得好看，气质出众，是大家公认的。

二看知识与才气。

依据文本来观察贾宝玉这个俊美少年，很容易发现，贾宝玉真的不只是"纵然生得好皮囊"，其不俗的言行举止背后有诸多的学问与才华。宝黛初会，宝玉给黛玉取了个字，"颦颦"，被探春讥讽是"杜撰"，宝玉笑道：

> 除《四书》外，杜撰的太多，偏只我是杜撰不成。

贾宝玉不是狂妄之人，他这句话里透露出他读过很多很多的书，包括四书这类科举取仕的必读书。与林黛玉共品《西厢记》时，两人表现出很高段位的审美。在大观园试才题对额时，贾宝玉引经据典，出口成联，如"绕堤柳借三篙翠，隔岸花分一脉香"。"曲径通幽处""沁芳""有凤来仪""稻香村"等别致命名，足以说明贾宝玉读书多且杂。当然，其中也不乏熟读成诵而信手拈来的内容。

除此之外，小说中还有诸多内容证明贾宝玉的所知所学，是今天无数家长把孩子送去各种辅导班、兴趣班都学不到的。在大观园试才题对额时，一行人走到后来称作"蘅芜苑"的地方，见诸多异草，却"只是不大认识"，而贾宝玉却能如数家珍娓娓道来：

> 那香的是杜若蘅芜，那一种大约是茞兰，这一种大约是清葛，那一

种是金蓥草，这一种是玉蕗藤，红的自然是紫芸，绿的定是青芷……

听听，是不是感觉这从神仙大荒中穿越而来的贾宝玉，地球上这点内容都不算个事儿。一个人能读那么多书，能和自然那么熟络，这表现确实出众。

不止于此，贾宝玉字也写得好，贾府内外都想得"哥儿"的字，林黛玉也夸贾宝玉"绛芸轩"这三个字"都写得好"。贾宝玉在化妆品、服饰、玩器上都有很多见地。

如此看来，贾宝玉几乎是个全能的神童，有很厚的文化功底和很高的文学修养。

三看"怪癖"里的真性情。

贾宝玉的曾祖父、祖父、父亲，几代官宦世家，功名煊赫，富贵尊荣。到了贾宝玉这儿，他若按照家族振兴的顶梁柱来成长，应该致力于功名、财富，和男人们一起追求权力与财富等的价值实现。但是，贾宝玉的名言是：

女儿是水作的骨肉，男人是泥作的骨肉。我见了女儿，我便清爽；见了男子，便觉浊臭逼人！

这一"怪癖"，让贾宝玉名声在外。其实，贾宝玉认为男人"浊臭逼人"，是因为他觉得男人长大做官以后，丧失了人性的单纯和初心，日日沉沦在权力争夺与财富贪婪中，戚戚于名利、汲汲于富贵，在他看来，这些不过是人的虚假价值。

但是，我们不能因此就认为贾宝玉摒弃世间所有努力的价值，他所厌恶的，其实就是薛宝钗在第四十二回对林黛玉所说的：

男人们读书明理，辅国治民，这便好了。只是如今并不听见有这样的人，读了书倒更坏了。

薛宝钗这番话，是说当时没有一个男人是读书明理、辅国治民的，否定了所有读书人，所有的朝廷官员。其实，贾宝玉认为男人"浊臭逼人"跟薛宝钗的话道理相同。沽名钓誉、阿谀奉承、见风使舵、不择手段……这是贾宝玉所感知到的官场现象，这些，与他的生命追求实在是格格不入。

举个例子，贾雨村，是小说中通过科举取得功名的范例，其在小说第一回出场已经展示了才华和抱负。后来他造访贾府，次次要求见贾宝玉。而贾宝玉呢，却对其有天然的反感与排斥。

宝玉一面蹬着靴子，一面抱怨道："有老爷和他坐着就罢了，回回定要见我。"

贾雨村对贾宝玉什么态度呢？在冷子兴断言贾宝玉"将来色鬼无疑了"时，贾雨村疾言厉色地说：

"非也！可惜你们不知道这人来历。大约政老前辈也错以淫魔色鬼看待了。若非多读书识事，加以致知格物之功，悟道参玄之力，不能知也。"

贾雨村在没有见到贾宝玉时，已认定贾宝玉是一个秉正邪两气而生的人，并且将他与历史上一些传奇人物相提并论。这贾雨村眼力也不俗。

贾雨村才华、功名、眼力俱备，加上"外貌魁伟"，可贾宝玉为什么讨厌他呢？会见贾雨村时"葳葳蕤蕤萎靡不振""脸上一团思欲愁闷气色"，待人接客礼仪、情商全都不在线。贾宝玉把对贾雨村的讨厌明明白白写在脸上。为什么呢？

首先，贾宝玉最讨厌走"仕途经济"之路，素来认为热衷科举的人是沽名钓誉之辈，他看不惯这些人阿谀奉承，欺压百姓，因而特别不喜欢和贾雨村这样的人交往。第四回的内容，葫芦僧判断葫芦案，极好地证明贾宝玉的感觉很敏锐，知道自己和贾雨村绝不是同路人。他觉得与贾雨村会面时说些言不由衷、虚情假意的话，实在是一件无趣又无聊的事，所以会见贾雨村令他厌恶至极。当然，贾宝玉所厌恶的，并不是贾雨村这一个人，他是对科举入仕深恶痛绝，宁可出家也不愿走这条路。

贾宝玉把全部热情和理想寄托在那些青春的，美丽的，被侮辱、被损害的女孩子身上，在被宠爱中度过了富贵锦绣、荣耀繁华的青春岁月，渴望在未被世俗污染的同伴中活出自己，活出一个"正邪两赋"的真实的人的样子。作者对这一人物形象的塑造打破了人性非"正"即"邪"的传统写法，给予人性更大的弹性可能，也使《红楼梦》在当时标举出了反叛主流陈腐价值、解放人性可能的现代理念。

【学习任务】

请结合第三回，分析作者运用什么方法描写贾宝玉这一人物，写出了一个怎样的贾宝玉？

木石前盟

作者：广东仲元中学高一（1）班吴琳

"我爱你"

　　宝黛爱情，是《红楼梦》中爱情的最高形式，也是我读过的书中爱情的最高形式：浪漫，炽烈，不能遏制的嫉妒，心心念念的牵挂，从未停止的精神成长。阅读并理解这种爱情，对同学们也是一种精神成长。

　　这场爱情里，既没有古老《诗经》里"执子之手，与子偕老""一日不见，如三岁兮"的甜言蜜语，也没有"山无陵……天地合，乃敢与君绝"的铮铮誓言……

　　宝黛爱情有什么呢？前半场除了吵，还是吵。后半场，是彼此懂得后外部阻力步步逼近的残酷。

　　宝黛初见在第三回，二人相见彼此心起波澜，倒是没有吵，但"摔玉"的大动作却惊吓了众人。第二次相见在第五回：

　　这日不知为何，二人言语有些不和起来，黛玉又在房中独自垂泪，宝玉也自悔言语冒撞，前去俯就，那黛玉方渐渐的回转过来。

　　此回没有实写二人吵了些什么。如果要去追究的话，宝玉究竟说了什么话，冒撞到黛玉致使其哭泣呢？对于凡事都要讲个理由的人，估计只能得出"天下本无事，庸人自扰之"的结论。但若让恋爱之人论之，则是必有其事。且看第十八回宝黛二人吵架的情况：

　　试才题对额之后，贾宝玉得到嘉许，众小厮围着讨赏，把他身上佩带的荷包、扇袋之物，一抢而空。林黛玉见一件无存，因向贾宝玉道：

"我给的那个荷包也给他们了？你明儿再想我的东西，可不能够了！"说毕，赌气回房，将前日宝玉所烦他作的那个香袋儿——才做了一半——赌气拿过来就铰。宝玉见他生气，便知不妥，忙赶过来，早剪破了。宝玉已见过这香囊，虽尚未完，却十分精巧，费了许多工夫，今见无故剪了，却也可气。因忙把衣领解了，从里面红袄襟上将黛玉所给的那荷包解了下来，递与黛玉瞧道："你瞧瞧，这是什么！我那一回把你的东西给人了？"

林黛玉见他如此珍重，也是自悔莽撞，因此又愧又气，低头不语。其实林黛玉是聪颖懂事的姑娘，只是因为痴情，才会常常耍小性子。贾宝玉又何尝不是，但凡有他任性的空间，他基本都要要要性子的，这不，看到林黛玉愧悔了，他性子就上来了：

"你也不用剪，我知道你是懒待给我东西。我连这荷包奉还，何如？"说着，掷向他怀中便走。

只是这样一来，争吵就没法结束了，因为每次的吵，基本是以贾宝玉的哄、劝、俯就来结束的。

黛玉见如此，越发气起来，声咽气堵，又汪汪的滚下泪来，拿起荷包来又剪。宝玉见他如此，忙回身抢住，笑道："好妹妹，饶了他罢！"黛玉将剪子一摔，拭泪说道："你不用同我好一阵歹一阵的，要恼，就撂开手。这当了什么！"说着，赌气上床，面向里倒下拭泪。禁不住宝玉上来"妹妹"长"妹妹"短赔不是。

贾宝玉撒娇不成，反惹林黛玉声咽气堵，越发任性。而贾宝玉就是贾宝玉，即刻转换笑脸，赔不是，这场争吵，才算结束了。

然而，争吵，又远未结束。因为痴、嗔、贪、恋还在，猜疑重重还在，小心翼翼地试探还在，吵就必然还在。但，宝黛并不是一直消耗在无谓的争吵中，他们在争吵时，也能看到彼此的坚贞与软弱，以及一往情深和欲说还休的矛盾，他们边争吵边长大。

且看下面几次吵架：

第二十回，贾宝玉去探望薛宝钗，因史湘云来到贾母处，于是钗玉二人一起来至贾母处。

正值林黛玉在旁，因问宝玉："在那里的？"宝玉便说："在宝姐姐家的。"黛玉冷笑道："我说呢，亏在那里绊住，不然早就飞了来了。"宝玉笑道："只许同你顽，替你解闷儿。不过偶然去他那里一趟，就说这话。"林黛玉道："好没意思的话！去不去管我什么事，我又没叫你替我解闷儿。可许你从此不理我呢！"说着，便赌气回房去了。

按理，有客人到来，林黛玉就这样当众赌气回房，是颇失风度的。试想当初步步留意、时时小心的林黛玉，这嫉妒，这醋劲儿，她完全顾不上旁人的眼光了，她就是要任性给贾宝玉看。而贾宝玉偏偏就愿意埋单。

宝玉忙跟了来，问道："好好的又生气了？就是我说错了，你到底也还坐在那里，和别人说笑一会子。又来自己纳闷。"林黛玉道："你管我呢！"宝玉笑道："我自然不敢管你，只没有个看着你自己作践了身子呢。"林黛玉道："我作践坏了身子，我死，与你何干！"宝玉道："何苦来，大正月里，死了活了的。"林黛玉道："偏说死！我这会子就死！你怕死，你长命百岁的，如何？"宝玉笑道："要像只管这样闹，我还怕死呢？倒不如死了干净。"黛玉忙道："正是了，要是这样闹，不如死了干净。"宝玉道："我说我自己死了干净，别听错了话赖人。"

贾宝玉一边赔礼道歉，一边给建议给关心，林黛玉依旧一个劲儿任性放纵，逼着贾宝玉一边解释一边维护，确实耐烦至极。这样你一句我一句，完全没有实质性的结论或道理。直吵到薛宝钗来拉了贾宝玉走，才算消停下来。但贾宝玉终是放不下，一会儿又来林找黛玉，林黛玉说的是以下蛮不讲理的话：

"你又来作什么？横竖如今有人和你顽，比我又会念，又会作，又会写，又会说笑，又怕你生气拉了你去，你又作什么来？死活凭我去罢了！"

越嫉妒，越想求证，说话就越刁蛮任性，贾宝玉耐心解释，以"亲不间疏，先不僭后"为由，向林黛玉保证"岂有个为他疏你的"。而这又激发林黛玉为自己辩解：

"我难道为叫你疏他？我成了个什么人了呢！我为的是我的心！"

宝玉也立刻澄清：

"我也为的是我的心。难道你就知你的心，不知我的心不成？"

这次的吵架，宝黛二人超越了前几次的仅仅停留在任性、小儿女情态上，成功实现了第一次交心。

但这种交心，应该只能算作情急之中二人对自己懵懂心事的自发认识，是对二人感情认识的初级阶段，后来还是不断地吵。其实，只要这种爱却不懂得如何倾诉的局面，或者说二人不能完全敞开心扉的情况不能改变，争吵就没有止境。即使是情不自禁的爱的表白，最终也是闹得一场吵。下面这次吵架，就揭示了他们二人全身心的爱意和不知如何表达之间的冲突。

第二十六回，写贾宝玉大病初愈后，懒懒的，被袭人催促出来散心，来到"潇湘馆"，只见凤尾森森，龙吟细细。

宝玉信步走入，只见湘帘垂地，悄无人声，走至窗前，觉得一缕幽香从碧纱窗中暗暗透出。宝玉便将脸贴在纱窗上，往里看时，耳内忽听得细细的长叹了一声道："每日家情思睡昏昏。"

脂砚斋评"每日家情思睡昏昏"乃"仙音妙音"。这实际上表达的就是林黛玉对贾宝玉之情，如水的柔情和缱绻的眷恋，在无人时忘情地脱口而出，却恰被贾宝玉听见。贾宝玉进去，见林黛玉坐在床上，抬手整理头发，星眼微饧，香腮带赤，目光迷离，满面粉色，不觉神魂早荡，便顺口开了个玩笑，对紫鹃说：

"若共你多情小姐同鸳帐，怎舍得叠被铺床？"

结果：

林黛玉登时撂下脸来，说道："二哥哥，你说什么？"

还哭道：

"如今新兴的，外头听了村话来，也说给我听；看了混账书，也来拿我取笑儿。我成了替爷们解闷的。"

林黛玉认为自己被轻薄了，很生气，贾宝玉呢，见林黛玉：

一面哭着，一面下床来，往外就走。宝玉不知要怎样，心下慌了，忙赶上来，"好妹妹，我一时该死，你别告诉去。我要再敢，嘴上就长个疔，烂了舌头。"

如果按我们今天的观念来看贾宝玉的这个玩笑，不过是情感发展中男孩女孩之间互相调侃的正常表达，既是贾宝玉的，也是林黛玉的。然而，在宗族礼法下成长的宝黛二人，在没有得到家长许可的情况下，都有爱却不知怎样去爱的迷惘，都不知怎样处理爱在身心上产生的强烈感受与所受礼法观念束缚的矛盾，结果林黛玉满腔心事却不容被冒犯，贾宝玉真情诉求却被歪曲、遭拒绝，最终还是吵了，哭了，哄了，俯就了，这事儿才算完了。

但二人对不知不觉，自然而然发生的爱情的认识，以及本能地去追寻爱情的脚步尚未结束。也正是这样，宝黛二人在一次一次的吵闹中，一步步由相悦、相知到相爱，向读者展现了他们极其复杂的心理过程，让读者产生强烈的审美感受。

接着看，其中跌宕起伏、缠绵悱恻的一次争吵，发生在第二十六回至二十八回，因为误会贾宝玉不让自己进怡红院，林黛玉哭了半夜，次日"葬花吟诗"，见到贾宝玉也不理，最终是贾宝玉一通沉痛的倾诉，才算了结了一场大误会。还有一场空前大吵，发生在第二十九回至第三十回，这次吵出了贾宝玉的誓言："你死了，我做和尚。"之后，又有一场吵架，以贾宝玉剖白黛玉在自己心中的位置结束，"我心里的事也难对你们说，日后自然明白。除了老太太、老爷、太太这三个人，第四个就是妹妹了"。一次次争吵，让两个相爱的人在沉痛的感情体验中一步步长大，渐渐地，二人情感开始进入新的阶段。

最后，在第三十二回，来了一场终结性的大吵，之后，又是忘情地倾诉肺腑。

首先是史湘云劝贾宝玉：

"你就不愿读书去考举人进士的，也该常常的会会这些为官做宰的人们，谈谈讲讲些仕途经济的学问。"

宝玉当面就发作，对湘云毫不留情下逐客令，并在后面旗帜鲜明地赞黛玉从来不说这些混账话，恰好黛玉走来听见，"不觉又喜又惊，又悲又叹"，一面宽心于宝玉果然是个知己，一面思忖自己的身世，一面反观自己的身体情况每况愈下，百感交集，不禁落泪不止，遂转身，一面拭泪，一面抽身回去了。等宝玉出来，见黛玉在前面哭泣，边问原因边禁不住抬手为她拭泪，如此动手动脚，吓得黛玉边推边骂，导致又一场关于"金玉""麒麟"的吵架。这次吵架，第一次以林黛玉"禁不住近前伸手替他拭面上的汗"的痴情态结束。这就让贾宝玉于肺腑中，说出一句惊天动地的爱情誓言："你放心。"黛玉被宝玉的真诚表白深深震撼，"轰雷掣电"，虽有万句言语，却不能吐出半个字来，只剩下怔怔地望着宝玉。"你放心"，含蓄厚重深挚，无法抑制的爱的表白，把双方的爱溶解在了一起，至此，二人都已明白，之前那么多的明争暗讽，争吵哭闹，猜疑、误会、恳求、负气，皆因"不放心"的原因。从此，宝黛爱情进入平静发展阶段。

然而，当他们二人心结终于解开，于一往情深中开始两心相照时，外部的阻力又开始步步逼近了，最终将如此青春、美丽、纯洁的爱情毁灭了给人看，展现出悲剧震撼人心的美。也让生活在敢于将爱宣之于口的时代的我们，去思考，怎样爱，怎样表达爱，怎样让爱促进彼此成长为更好的自己。

"我爱你"，并不是很容易的事！

【学习任务】

1. 请阅读第二十六回至第二十八回。这部分写了宝黛二人的三次吵架，试品读原文，并概述二人三次吵架的情况。

2. 第二十九回至第三十回的内容，作者在这部分对宝黛二人历次吵架的原因和性质做了一个概括的说明，试着从文本中找出来品读，并用自己的话概括出来。

金玉相逢，方见真容

通灵宝玉在小说中多次出现，每次出现的意义与价值都不一样。而它第一次完完全全在读者面前亮相，是与薛宝钗的金锁相提并论。有不少读者把这个故事解读为薛家或说薛宝钗觊觎宝二奶奶位置的阴谋，这未免有些好笑。

先看原文是怎样写这个故事的，然后再探究为什么这样写。

话说宝玉在宁国府送贾母回来歇中觉，觉得再回去看戏取乐有可能打扰到秦可卿等人，导致他们不方便，便临时起意去梨香院探望在家养病的薛宝钗。至梨香院中，先入薛姨妈室中来，絮叨了几句家常，然后宝玉问起："姐姐可大安了？"这才把镜头调到薛宝钗房内，宝玉掀帘一迈步进去，此刻，借宝玉之眼，看到薛宝钗正面，"薛宝钗坐在炕上作针线，头上挽着漆黑油光的纂儿，蜜合色棉袄，玫瑰紫二色金银鼠比肩褂，葱黄绫棉裙，一色半新不旧，看去不觉奢华。唇不点而红，眉不画而翠，脸若银盆，眼如水杏。罕言寡语，人谓藏愚，安分随时，自云守拙"。画鬼神易，画人何其难。同样是女主角，作者并没有按写黛玉的方法，再写一遍薛宝钗进贾府，而是各具其法，各极其妙，各不相犯，在这样的场合顺理成章地把宝钗神情毕肖、性情如沐地展示给贾宝玉，也展示给读者。难道如此好看的薛宝钗，是满怀心机、精心打扮、刻意修饰了给贾宝玉来看，从而迷住他的吗？显然，这就是日常的、真实的、自然的薛宝钗的样子。

接着看宝玉、宝钗聊起通灵宝玉，宝钗看到宝玉项上挂着长命锁、记名符，另外有那一块落草时衔下来的宝玉。因笑说道："成日家说你的这玉，究竟未曾细细的赏鉴，我今儿倒要瞧瞧。"这样我们读者得以第一次凑近了细看这玉："大如雀卵，灿若明霞，莹润如酥，五色花纹缠护。"也终于看到多次提及的那上面的字迹：

正面：通灵宝玉

　　　　莫失莫忘　仙寿恒昌

反面：一除邪祟　二疗冤疾　三知祸福

薛宝钗细看之后，才发现通灵宝玉上文字很熟悉，于是琢磨着多念了两遍，很多读者解读为这是薛宝钗有意提示莺儿说出自己的金锁与此玉是一对的话。是这样吗？宝钗看到宝玉项圈上的字迹"莫失莫忘，仙寿恒昌"，跟自己项圈上的"不离不弃，芳龄永继"如此契合，于是发呆，多想了想，这很正常吧。而且当宝玉要求"赏鉴赏鉴"宝钗的项圈时，宝钗被缠不过，才将那珠宝晶莹、黄金灿烂的璎珞掏出来给他看。

这就是金玉相逢的故事了，都是人之常情、事出常理罢了，没有任何伪装、矫饰，也就更加谈不上阴谋之类的了。显然，这样的遇见并不是宝钗特意安排的，但有人做了精心设计，谁呢？作者。

这块通灵宝玉，之前已经出现过几次，每次作用都不相同。第一回，那僧便"念咒书符，大展幻术，将一块大石登时变成一块鲜明莹洁的美玉，且又缩成扇坠大小的可佩可拿"，而且在那美玉之上镌刻上几行字迹，于是，那补天之石就变成了"通灵宝玉"。这里交代了通灵宝玉的由来。第二回，冷子兴演说荣国府提道，"说来更奇：一落胎胞，嘴里便衔下一块五彩晶莹的玉来，上面还有许多字迹"。这次宝玉和这块通灵宝玉被当作奇谈，也引出贾雨村的"正邪两赋"论。第三回，是黛玉第一眼看到宝玉"项上金螭璎珞，又有一根五色丝绦，系着一块美玉"，这次主要是为了引发一场砸玉风波，并用这样的风波来彰显贾宝玉的怪癖性情。

三次出现，作用不同，但相同的是，都没有提及通灵宝玉的灵魂，即上面的内容。"莫失莫忘，仙寿恒昌"，表面看，这几个字就是一种充满祥瑞吉兆的祝福语，只要不丢失，就能永葆健康长寿。深入思索这几个字之间的逻辑关联，则发现里面充满人生的矛盾与不圆满。把永葆仙寿寄托于一块玉石的不丢失，贾府的长辈，把玉石与宝玉的生命紧紧关联在一起，这本身就难免有幻灭感。第三回贾宝玉砸玉时，贾母说："孽障，你生气，要打骂人容易，何苦摔那命根子。"把这块通灵宝玉等同于命根子，仔细想想，这不是一种很危险的美好祝福吗？

再看宝钗金锁上的内容，"不离不弃，芳龄永继"，与通灵宝玉意思一样。只要这个金锁一直在，宝钗也会一直健康地成长。据宝钗自己说："也是个人给了两句吉利话儿，所以錾上了，叫天天带着。"而这个人，据莺儿说是"癞头和尚"。这就和宝玉项圈上的文字来自僧人一样神奇。其字面含义与包含的生命哲理与"莫失莫忘，仙寿恒昌"也极其相似。这一切安排，绝不是薛姨妈的水平所能达到的了，更不是薛宝钗一个闺阁女子会去做的事情。所以说这是薛家的蓄意安排，未免太牵强附会了。

这样的金玉相逢，非人设，但可感，当通灵宝玉和金锁第一次碰到一起时，连宝玉都笑着说："姐姐这八个字倒真与我的是一对。"也正是这样的感知，让宝黛钗之间，因为这个金玉良缘纠缠、牵绊，就如僧道所言："一干风流孽鬼，下世历劫。"是缘是劫，是痴是怨，是木石前盟，还是金玉良缘，这一切，都不是个人努力就可以改变的。就像黛玉不愿出家，但要活下去的话，"只不许见外人""不流泪"，但她下世就是为以泪偿恩，所以注定会泪尽而逝。而金锁和通灵宝玉，喜欢与否，也全不由人意，好像一切都由僧道在安排，金玉必相逢，只是"美中不足，好事多磨"。二玉（宝玉、黛玉）倾心相恋，二宝（宝玉、宝钗）却结成配偶，于青春，于婚姻，于家庭，何处方得圆满？

这就是《红楼梦》的悲剧，缘于美好，走向离散，并不因为"莫失莫忘，仙寿恒昌"与"不离不弃，芳龄永继"这些痴心父母的信念而发生改变。这才是让金玉相逢露出真面目的作者的设计吧。

【学习任务】

请阅读小说第八回、第十四回、第十九回、第二十五回、第二十九回，写下这些章节的回目，找到文本中关于通灵宝玉的内容，思考作者安排这些内容的作用。

挥霍无度的旋涡

"鲜花着锦、烈火烹油"，要说起贾府的奢华靡费，可看一次葬礼，一次省亲，一次宴饮大观园。

首先说说秦可卿葬礼的规格。

先看送殡队伍，压地银山一般，规模超级大，都是些什么人呢？

有镇国公牛清之孙现袭一等伯牛继宗，理国公柳彪之孙现袭一等子柳芳，齐国公陈翼之孙世袭三品威镇将军陈瑞文，治国公马魁之孙世袭三品威远将军马尚……

这些人都是当年跟宁国公、荣国公一起位列八公的国公爷的孙子辈儿，此外还有各路公子王孙，总之有名有姓，有爵位的官客就点了二十来人的名字。宾客等级非常高。然后是女客们，按照品级也有十来顶大轿，三四十顶小轿，再加上贾府的大轿小轿，大车小车不下百十余乘。这一路排下来，出殡的队伍有三四里远，白花花望不到头。

除此之外，路边还有花团锦簇的路祭，就是亲朋好友在出殡的沿途搭彩棚、拜贡品、奏音乐，祭奠亡灵。"第一座是王府东平王府祭棚，第二座是南安郡王祭棚，第三座是西宁郡王，第四座是北静郡王的。"很明显，这个路祭的级别比较高，都是郡王级的。

看完浩浩荡荡的送殡队伍，再回头看出殡前都经历了什么礼节。

择准停灵七七四十九日……这四十九日，单请一百单八众禅僧在大厅上拜大悲忏……另设一坛于天香楼上，是九十九位全真道士，打四十九日解冤洗业醮然后停灵于会芳园中，灵前另有五十众高僧，五十众高道，对坛按七作好事。

这时间是四十九天之久，做法事的僧道之人超过三百之多，恣意奢华，可见一斑。

秦可卿使用的棺木，原是为坏了事的义忠亲王准备的，出自潢海铁网山上的樯木棺木，所谓尘网难逃啊，价值一千两银子也没法买。贾珍却完全无视贾政的劝告，公然自作主张，用了常人不该享受的樯木棺材，"帮底皆厚八寸，纹若槟榔，味若檀麝，以手叩之，玎珰如金玉"，这是何等骄奢放纵啊。

为使丧礼风光，贾珍更是为贾蓉捐个前程，就是买官位，跟大明宫掌宫内相戴权做了一笔交易，花一千二百两银子，买了个五品龙禁尉的美缺儿。五品龙禁尉是做什么的？是保护皇上的护卫军。这样一来，秦可卿的灵牌疏上就写上了"天朝诰授贾门秦氏恭人之灵位"。一番操作下来，银子如潢海水般哗哗外流，贾珍此时那是心满意足啊！

除此之外，还可以看看借这个丧礼动用的仆人。王熙凤协理宁国府，头一件事便是做了人事分工：

这二十个分作两班，一班十个，每日在里头单管人客来往倒茶，别的事不用他们管。这二十个也分作两班，每日单管本家亲戚茶饭，别的事也不用他们管。这四十个人也分作两班，单在灵前上香添油，挂幔守灵，供饭供茶，随起举哀，别的事也不与他们相干。这四个人单在内茶房收管杯碟茶器，若少一件，便叫他四个描赔。这四个人单管酒饭器皿，少一件便叫他四个描赔。这八个人单管监收祭礼。这八个人单管各处灯油、蜡烛、纸札，我总支了来，交与你八个，然后按我的定数再往各处去分派。这三十个每日轮流各处上夜，照管门户，监察火烛，打扫地方。这下剩的按着房屋分开，某人守某处，某处所有桌椅古董起，至于痰盒掸帚，一草一苗，或丢或坏，就和守这处的人算账描赔。

算一下，这里动用的宁国府的人数过百，这还只是王熙凤差派的奴仆人数，不包括各类大小头目以及其他职责的。这个数量也是足见宁国府奢靡过费的。人多，吃穿用度自然多。那宁国府的主子，算起来，也不过十多号人，通过奴仆人口的数量告诉读者其荣华富贵的程度。

算完丧事，来看喜事——元妃省亲的排场。

先不说别的，单是贾妃在轿内看到园内外如此豪华，默默叹息奢华过费。贾元春可是从皇宫来的人，什么辉煌壮丽之景没有见过？一见大观园便叹息"奢华过费"，那其奢华程度可想而知了。具体是怎样的情景呢？

只见园中香烟缭绕，花彩缤纷，处处灯光相映，时时细乐声喧，说不尽这太平景象、富贵风流。

待贾妃下轿，见到一番怎样的景象呢？

只见清流一带，势如游龙，两边石栏上，皆系水晶玻璃各色风灯，点的如银光雪浪；……诸灯上下争辉，真系玻璃世界，珠宝乾坤。船上亦系各种精致盆景诸灯，珠帘绣幕，桂楫兰桡……

别的不说，色色玻璃，这玻璃在当时都是洋货，价值不菲，但因其有晶莹剔透的美感，所以被大量采用在这里做装饰。

如此装潢别致、流光溢彩的大观园，是贾府私建的，目的就是迎接贵妃娘娘省亲，准确地说，就是贾元春回家住几个小时用的。就为这几个小时，大兴土木，将荣国府的后园和宁国府的会芳园相连接，从各地买来各种奇花异草、珍贵异禽，还有滴翠亭、沁芳桥、红香圃、凹晶溪馆等各种亭台楼阁。怪石飞瀑，山水迂回，曲径通幽，真是此景只应天上有，人间哪得几回见？与此豪奢、庞大的工程相伴随的，估计就是银子汩汩往外流淌的声音吧。

其实，这些都还只是看得见的消费，在看不见的地方，银子不是流，是倾泻。建造一个大观园，这是贾府的巨大土木工程，涉及无数采办、建造项目，有项目就有交易。先说说贾芸揽的园子里种树这个小工程，看这个花费的成本与利润：种树一共批了二百两银子，贾芸拿着这笔钱，还了倪二的钱共十五两三钱银子（买冰片、麝香送礼用），又花五十两买花买树，剩下的就补贴家用。就是说，他拿到这项工程，利润接近七成。再看贾蓉、贾蔷所揽的事：下姑苏聘请教习、置办乐器行头等事，这可是一桩大有油水的差事啊，总共预算是五万两。如果按照贾芸那桩事的利润比，那是不得了的事情啊。那整个大观园的建造，大大小小里里外外，这样的事情又何其之多。所以，花费之巨，令人瞠目结舌。

宁荣二府一"丧"一"喜"，大事上是挥金如土，那么日常生活是什么状态呢？

我们可以通过刘姥姥这个普通老百姓的双眼来打量打量。刘姥姥来贾府，贾府还犯不上特意显示隆重，所以，刘姥姥看到的，就是真实的贾府日常。先看他们的"吃"。刘姥姥首先就面对了螃蟹宴，有"两三大篓""七八十斤"，都是团脐肥大的，两三只就是一斤多。刘姥姥看到如此美食，首先想到的也不是美美地大快朵颐，而是脑袋迅速打起算盘，这一顿螃蟹宴，至少也要花掉"二十多两银子呢"——不由惊呼："阿弥陀佛！这一顿的银子，够我们庄家人过一年了！"刘姥姥已经为此咋咋呼呼了。然而，这还不算什么，再看看鸽子蛋，据凤姐说："一两银子一个"，那么这一碗有多少银子啊？如果说二十多两银子够"庄家人"过一年，那一个鸽子蛋，不就够乡下人生活半个月了吗？更有让

刘姥姥无法相信的一道菜——"茄鲞",凤姐说:

"你把才下来的茄子把皮劖了,只要净肉,切成碎钉子,用鸡油炸了,再用鸡脯子肉并香菌、新笋、蘑菇、五香腐干、各色干果子,都切成钉子,拿鸡汤煨干,将香油一收,外加糟油一拌,盛在瓷罐子里封严,要吃时,拿出来,用炒的鸡瓜一拌就是了。"刘姥姥听了,摇头吐舌说道:"我的佛祖!倒得十几只鸡来配他,怪道这个味儿!"

还有压在仓库里的各类餐椅台桌等,"五彩闪灼,各有奇妙",令刘姥姥看得眼花缭乱。现在单拎一类饮食器皿,来看其奢华考究。"乌木三镶银箸"、"老年四楞象牙镶金的筷子"、"雕镂奇绝"的"十个竹根套杯"、"黄杨根整抠的十个大套杯"、"九曲十环,一百二十节,蟠虬整雕竹根的一个大盒",更有那镌有"晋王恺珍玩"的"瓟斝"和刻有"宋元丰五年四月眉山苏轼见于秘府"字样的"点犀"……这些古玩珍品,稀世之宝,还有"海棠花式雕漆填金云龙献寿的小茶盘"与"成窑五彩小盖钟",以及准备早餐用的"一色摄丝戗金五彩大盒子","海棠式""梅花式""荷叶式""葵花式"的方的、圆的"其式不一"的"雕漆几","攒盒式样"又"随几之式样",每人"一把乌银洋錾自斟壶,一个十锦珐琅杯"……简直就是一个餐饮器物博物馆。

更有那连凤姐儿也叫不出名字的"软烟罗",只有四样颜色——"雨过天晴""秋香色""松绿色""银红色",要是做了帐子,糊了窗屉,远远望去,"就似烟雾一样";还说"如今上用的府纱,也没有这样软厚轻密的了",说得刘姥姥"觑着眼看,口里不住的念佛"。最后,刘姥姥"虽住了两三天,日子不多,却把古往今来没见过的,没吃过的,没听见的,都经验了",以此暴露贵族之家"外面的架子虽未甚倒，内囊却也尽上来了"的衰败之前的一种回光返照，一种虚假的繁华。

【学习任务】

写出刘姥姥两次进大观园的内容的回目，并分析作者安排刘姥姥进大观园的作用。

附 [学习任务参考解析]

一块高贵而不得志的石头

【教师解析】

1. 第一回　甄士隐梦幻识通灵　贾雨村风尘怀闺秀

第二回　贾夫人仙逝扬州城　冷子兴演说荣国府

第三回　托内兄如海荐西宾　接外孙贾母惜孤女

第八回　贾宝玉奇缘识金锁　薛宝钗巧合认通灵

第二十五回　魇魔法叔嫂逢五鬼　通灵玉蒙蔽遇双真

…………

2. 甄士隐住在"十里（识礼/势力）街""仁清（人情）巷""葫芦（糊涂）庙"旁，都是谐音，却点出人情世故、世态炎凉。他梦中邂逅通灵宝玉，丢了女儿甄英莲，葫芦庙大火烧得家破人亡，再举家投奔岳父封肃被坑蒙拐骗，最后被跛足道人点化出家而去……

甄士隐有贾宝玉的影子，用甄家"小荣枯"暗示贾家"大荣枯"。甄士隐，名费，字士隐。"费"者，一"财货"也，有钱；二"废"也，无能。有钱、无能必然末世，已经画出来贾宝玉未来的形状。"士隐"者，不为五斗米折腰也。"山中高士"，而大隐隐于市，突出无心名利，淡泊自守之意。这也可以说是贾宝玉的人生追求。贾家和贾宝玉故事的前因后果，基本从甄士隐身上就能找到答案。

宝玉有瑕

【教师解析】

石头故事：

① 借"通灵"之说叙述了《石头记》的来历及其成书过程，并引出"石上所记之言"——《石头记》本文。

② 代作者立言，是对话体形式的创作谈。

③ 有隐指作者之意。作者以石自况，以石自嘲，借石抒愤。曹雪芹与石头的相似之处：身世经历、性格志趣。（插入知识链接，曹雪芹简介。）

④ 有隐指贾宝玉之意。"通灵"宝玉是贾宝玉出生时口衔之物，佩戴之物，是贾宝玉叛逆性格及其人生道路、人生经历的一个象征。贾（假）宝玉——真顽石，真顽石——贾（假）宝玉，亦真亦假，两相对应，妙趣横生，感世、愤世、讽世意味，耐人寻味。

⑤ 寄寓作者的人生感悟。石头明知人生"到头一梦，万境归空"，明知自己"劫终之日，复还本质"的归宿，还是心慕"那人世间荣耀繁华"，执意要求茫茫大士、渺渺真人携带他"得入红尘，在那富贵场中，温柔乡里享受几年"；历尽尘缘，"复还本质"，回到那"凄凉寂寞"的"大荒山中，青埂峰下"，但对自己"历尽悲欢离合炎凉世态的一段故事"，不仅自觉"有些趣味"，还"意欲问世传奇""令世人换新眼目"。这反映了作者思想的深刻矛盾：一方面，对人生无常、生命短暂流露出感伤、虚无之感；另一方面，内心深处充满对人生的眷念与执着。

"还泪"故事：

① "报恩"是旧题，"还泪"报德酬情，却是奇思妙想，实属

"罕闻"。

② 直接对应作为《红楼梦》情节主线的宝黛爱情，是"泪尽而逝"悲剧的神话解说。木石有情，是超乎一般情爱的人的至诚至深之情，这是对宝黛爱情的诗意化、浪漫化、哲理化。

③ "木石前盟"，与现实的"金玉良缘"相对抗，具有反世俗反传统意味。宝黛二人一见如故，心心相印，至死不渝，但如此至真至诚的"奇缘"，到头来却如镜花水月，终归"虚化"，人间现实否定了天生奇缘。可见，"还泪"故事是对姻缘前定宿命论的否定和嘲弄。

宝玉是宝

【学生作业展示】

高一（2）班 赖苗苗：

（1）侧面描写

① 语言描写

王夫人：但我不放心的最是一件，我有一个孽根祸胎，是家里的"混世魔王"，今日因往庙里还愿去了，尚未回来，晚间你看见就知。你只以后不要睬他，你这些姊妹都不敢沾惹他的。

林黛玉：在家时亦曾听见母亲常说，这位哥哥比我大一岁，小名就唤宝玉，虽极憨顽，说待姊妹们却是极好的。

王夫人：你不知道原故，他和别人不同，自幼因老太太疼爱，原系同姊妹们一处娇养惯了的，若姊妹们不理他，他倒还安静些……若这一日姊妹们和他多说一句话，他心里一乐，便生出多少事来。所以嘱咐你别睬他。他嘴里一时甜言蜜语，一时有天无日，一时又疯疯傻傻，只休信他。

作用：运用语言描写对贾宝玉进行了侧面描写，从侧面体现贾宝玉在贾府被宠爱娇养，喜欢与姐姐妹妹们相处，且总讨得姐姐妹妹们欢心，有古灵精怪的性格，但也是贾府一个很令人头疼的人物。

② 心理描写

林黛玉：黛玉亦常听见母亲说过，二舅母生的有个表兄，乃衔玉而诞，顽劣异常，极恶读书，最喜在内帏厮混，外祖母又极溺爱，无人敢管。

林黛玉：这个宝玉，不知是怎生个惫懒人物！

作用：运用心理描写揭示贾宝玉出生异常、性情顽劣又深受宠爱的特点，从侧面道出贾宝玉在林黛玉心中的浪荡公子形象。

（2）正面描写

① 外貌描写

"头上戴着束发嵌宝紫金冠，齐眉勒着二龙戏珠金抹额，穿一件二色金百蝶穿花大红箭袖，束着五彩丝攒花结长穗宫绦，外罩石青起花八团倭缎排穗褂，登着青缎粉底小朝靴。面若中秋之月，色如春晓之花，鬓若刀裁，眉如墨画，眼如桃瓣，睛若秋波，虽怒时而若笑，即嗔视而有情。项上金螭璎珞，又有一根五色丝绦，系着一块美玉。"

"头上周围一转的短发，都结成了小辫，红丝结束，共攒至顶中胎发，总编一根大辫，黑亮如漆，从顶至梢，一串四颗大珠，用金八宝坠角，身上穿着银红撒花半旧大袄，仍旧带着项圈、宝玉、寄名锁、护身符等物，下面半露松花撒花绫裤腿，锦边弹墨袜，厚底大红鞋。越显得面如敷粉，唇若施脂，转盼多情，语言常笑。天然一段风骚，全在眉梢；平生万种情思，悉堆眼角。看其外貌最是极好，却难知其底细。"

作用：写贾宝玉的穿戴、装束，突出其精致、讲究、奢华的贵族公子形象；描绘其肖像，写出贾宝玉极好的容貌，惊艳的神情，转盼多情、风度翩翩的公子形象，令读者过目难忘。

②语言描写

贾宝玉：虽然未曾见过他，然我看着面善，心里就算是旧相识，今日只作远别重逢，未为不可。

贾宝玉：我送妹妹一妙字，莫若"颦颦"二字极妙。

贾宝玉：《古今人物通考》上说："西方有石名黛，可代画眉之墨。"况这林妹妹眉尖若蹙，用取这两个字，岂不两妙！

贾宝玉：除《四书》外，杜撰的太多，偏只我是杜撰不成？

贾宝玉：什么罕物，连人之高低不择，还说通灵不通灵呢！我也不要这劳什子了！

贾宝玉：家里姐姐妹妹都没有，单我有，我说没趣，如今来了这么一个神仙似的妹妹也没有，可知这不是个好东西。

作用：贾宝玉的语言，既妙语连珠，又想象丰富，还任性随心，而且哄姐妹也是颇有章法，与前文王夫人所说相呼应。就以第一句为例来仔细琢磨，前面是贾宝玉说"这个妹妹我曾见过"，被贾母批为"胡说"，贾宝玉在如此"胡说"面前能够自如地自圆其说，颇得贾母首肯，可见贾宝玉想象丰富、收放自如。同时，突然生气砸玉，可见贾宝玉性格乖张，也是应了前文所描述，是家里的娇子，性格顽劣。

【教师解析】

（1）侧面描写

王夫人对林黛玉介绍贾宝玉，说他是"孽根祸胎""混世魔王"，行为乖张，"一时甜言蜜语，一时有天无日，一时又疯疯傻傻"。这样的介绍又引起林黛玉对母亲话语的回忆：（听母亲说）"衔玉所生"的表哥"顽劣异常，极恶读书，最喜在内帏厮混"。在长辈口中，贾宝玉属于顽劣、叛逆之徒。

（2）正面描写

通过黛玉之眼，正面写贾宝玉的穿戴和言行举止，"头上戴着束发嵌宝紫金冠，齐眉勒着二龙戏珠金抹额，穿一件二色金百蝶穿花大红箭袖，束着五彩丝攒花结长穗宫绦，外罩石青起花八团倭缎排穗褂，登着青缎粉底小朝靴。面若中秋之月，色如春晓之花，鬓若刀裁，眉如墨画，眼如桃瓣，睛若秋波，虽怒时而若笑，即嗔视而有情。项上金螭璎珞，又有一根五色丝绦，系着一块美玉"。在黛玉眼中，宝玉眉清目秀、英俊多情，觉得非常眼熟，产生亲切感。

摔玉，这个行为体现了宝玉平等民主的思想，他对于自己独有的宝贝不是骄矜自豪，而是非常不满，也不知道该向谁表示不满，于是只好砸玉以示反抗，也表现了贾宝玉的叛逆性格。

（3）诗文烘托

西江月·批宝玉二首

无故寻愁觅恨，有时似傻如狂。

纵然生得好皮囊，腹内原来草莽。

潦倒不通世务，愚顽怕读文章。

行为偏僻性乖张，那管世人诽谤。

富贵不知乐业，贫穷难耐凄凉。

可怜辜负好韶光，于国于家无望。

天下无能第一，古今不肖无双。

寄言纨绔与膏粱，莫效此儿形状。

这两首词里说贾宝玉是"草莽""愚顽""偏僻""乖张""无能""不肖"等，看似是嘲，其实是赞。因为这些都是以封建统治阶级的眼光来看的。作者用反面文章把贾宝玉作为一个封建叛逆者的思想、性格，概括地揭示了出来。

"我爱你"

【教师解析】

1. 第一次，黛玉夜访怡红院，且看到宝钗在她之前进去了。待自己叩门时，恰值晴雯生气，没有听出黛玉的声音，假传宝玉"圣旨"——"任谁都不给开门"，这误会就闹得有点儿大了。黛玉寻思一番，自伤自泣了大半夜。次日葬花吟诗，见了宝玉也不搭理。宝玉想方设法得到一个剖白的机会，从"既有今日，何必当初"起，倾诉自己自林姑娘来到贾府起的诸般疼、让、念，才解释清楚了一场大误会，也完成了进一步的交心。

第二次，宝玉说起给黛玉配药的方子，王夫人不信，薛宝钗也不给做证明，林黛玉因此就用手指在脸上画着羞他，还是王熙凤出面证明宝玉不是撒谎，才算让宝玉下了台阶。之后，宝玉指责黛玉，又惹出了一场误会，因外头有人叫宝玉，就没机会澄清误会，于是又埋下继续争吵的引线。

第三次，因为元妃送礼物，给贾宝玉和薛宝钗的是一样的，这让宝玉纳闷，让黛玉感到威胁，于是又来了一场争吵，最后以宝玉掏心窝子的誓言结束："我心里的事也难对你们说，日后自然明白。除了老太太、老爷、太太这三个人，第四个就是妹妹了。要有第五个人，我就说个誓。"宝黛二人的感情渐渐地被彼此确认，情感纠葛进入新的阶段。

2. 原文：原来那宝玉自幼生成有一种下流痴病，况从幼时和黛玉耳鬓厮磨，心情相对；及如今稍明时事，又看了那些邪书僻传，凡远亲近友之家所见的那些闺英闺秀，皆未有稍及林黛玉者，所以早存了一段心事，只不好说出来，故每每或喜或怒，变尽法子暗中试探。那林黛玉偏生也是个有些痴病的，也每用假情试探。因你也将真心真意瞒了起来，只用假意，我也将真心真意瞒了起来，只用假意，如此两假相逢，终有一真。其间琐琐碎碎，难保不有口角之争。

概括：宝玉性痴，对林黛玉情有独钟，常常暗中试探；林黛玉也有些痴，亦用假情试探；两假相逢，误会不断，求证不断，争吵不断。

金玉相逢，方见真容

【教师解析】

第八回 贾宝玉奇缘识金锁 薛宝钗巧合认通灵

第十四回 林如海捐馆扬州城 贾宝玉路谒北静王

第十九回 情切切良宵花解语 意绵绵静日玉生香

第二十五回 魇魔法叔嫂逢五鬼 通灵玉蒙蔽遇双真

第二十九回 享福人福深还祷福 痴情女情重愈斟情

第八回，除了写了金玉相逢，还写了袭人帮助贾宝玉收拾通灵玉的内容，"袭人伸手从他项上摘下那通灵玉来，用自己的手帕包好，塞在褥下，次日带时便冰不着脖子"，突出袭人对贾宝玉的服侍，既表明袭人的无微不至，也展示袭人在宝玉心中的位置，可亲可靠。

第十四回，宝玉在秦可卿出殡时遇到了北静王，北静王提到看通灵宝玉已在第十五回的开头："衔的那宝贝在那里？"北静王细细看了通灵玉，还念了那上面的字，这和宝钗是一样的反应啊。接着问出了一个关键问题："果灵验否？"这些内容重点在最后这个问题，这个是很多人都关心但都不便询问的问题，既与通灵宝玉背面的文字关联起来，又和后面的叔嫂逢五鬼的内容相呼应。

第十九回，是袭人在自己家里，把宝玉项上的通灵玉摘下来给她的姊妹们看，"你们见识见识。时常说起来都当希罕，恨不能一见，今儿可尽力瞧了。再瞧什么希罕物儿，也不过是这么个东西"。这个内容主要在于袭人想把宝玉与自己的亲密关系展现给家人看。

第二十五回，写了马道婆用咒语把贾宝玉和王熙凤折腾得气息奄奄，在一府上下无计可施之时，癞头和尚和跛足道人出现了，"持诵一番，吩咐把它悬在卧室槛上"，救过二人的性命。这既是对北静王提出的问题"果灵验否"的回答，也应验了通灵宝玉"去邪祟保平安"的功能。

第二十九回，这次通灵玉出现在清虚观。贾府受贾元春托付，去清虚观打三天的平安醮，观中掌"道录司"印，被封为"终了真人"的张道士，想把宝玉的通灵玉拿去给自己的道友和徒子徒孙们看看。更重要的内容其实是这玉一托出去后，带回来很多敬贺之礼，其中的金麒麟，与史湘云的金麒麟遥相呼应。

挥霍无度的旋涡

【教师解析】

第六回　贾宝玉初试云雨情　刘姥姥一进荣国府

第三十八回　林潇湘魁夺菊花诗　薛蘅芜讽和螃蟹咏

第三十九回　村姥姥是信口开河　情哥哥偏寻根究底

第四十回　史太君两宴大观园　金鸳鸯三宣牙牌令

刘姥姥进大观园的作用举例：

① 刘姥姥进贾府，用最日常的视角，看到贾府的家常状态、丰富情态，给予读者独特的审美感受。

②刘姥姥进大观园有推动情节的作用。首先，王熙凤听说过一个民间起名风俗，便让刘姥姥为姐姐起一个名字，刘姥姥得知姐姐在乞巧节出生，便为其起名"巧姐"。这一情节为后来刘姥姥救巧姐的情节做铺垫。其次，刘姥姥带着板儿进大观园，板儿与巧姐因为争要佛手，作者借用"指引"的佛手和暗喻"香缘（香圆）"的柚子，为巧姐和板儿的关系埋下伏笔。最后，王熙凤把巧姐交给刘姥姥照顾，在贾府被抄家后巧姐为"狠舅奸兄"（王仁和贾蔷）所卖，是刘姥姥设法将巧姐找回，与前面的情节呼应。

③深刻地揭示了封建社会两个阶级、两种生活方式的严重对立。以刘姥姥的眼光批判了封建贵族奢华浮靡的生活，见证了贾府盛衰的过程。也通过贾府众人对刘姥姥的愚弄和嘲讽，体现了自诩高贵的贵族阶级对劳动人民的蔑视。

④通过刘姥姥这个形象，我们看到一个更丰满的凤姐的形象。如果只是通过林黛玉的双眼，读者看到的就只是凤姐在贵客面前的热情、圆滑、机变，而通过刘姥姥，便可以看到凤姐作为主子的骄矜、扭捏作态。

⑤体现出贾母对钗黛二人的不同态度。林黛玉房屋陈设的态度："这个院子里头又没有个桃杏树，这竹子已是绿的了，再拿这绿纱糊上反倒不配。我记得咱们先有四五样颜色糊窗的纱（软烟罗）呢，明儿给他把这窗上的换了。"贾母对薛宝钗房屋陈设的态度：贾母摇头道："使不得。……年轻的姑娘们，房里这样素净，也忌讳。"

…………

第二章

把握前五回的
纲领性作用

《红楼梦》的开头，不是人间烟火，又关人间烟火；既虚幻如梦，又紧扣现实；既宏伟高远，又细腻真挚。其艺术魅力对初读者而言，是不容易一下子就接受的。前五回在内容上互相关合照应，形成了一个严密的整体，相当于球体的"球心"。同时，前五回对整部小说的架构及结局做了整体上的安排与交代，便于读者在众多人物与事件中理清头绪。

就小说揭示家族衰败这个主旨而言，第一回以现时的甄家"小荣枯"隐喻未至的贾家"大荣枯"；第二回以"冷"眼旁观人道破贾氏家族衰败根由，也即子孙不肖、后继无人；第三回渲染贾氏诗礼簪缨之族的旧时荣光与今日气象；第四回以贾氏姻族当下的一荣俱荣，伏下后来的一损俱损；第五回则预告贾氏败亡、群芳离散，空余茫茫白地的最终局况，且以《红楼梦曲》呼应《好了歌解》，令太虚幻境对联再度出现，关合第一回。

在解释宝黛钗爱情婚姻悲剧方面，前五回也既各具功能，又彼此呼应，真乃严丝合缝。以上种种，请听故事解析。

沁芳园

作者：广东仲元中学高一（2）班王晓非

古董商的见识

　　要找个人聊聊贾府，什么人合适？卖衣服的不行，卖菜的不行。卖古董的，估计行。因为买卖古董，常常伴随着银子如流水般哗哗淌的声音。

　　我以前的一个熟人，是做拍卖的。我曾经有幸随其见识过拍卖现场，当时的我对于一花梨木柜几、一和田玉摆件的价格，真是惊为天价。怎么那么有钱！我在反复读过《红楼梦》以后，渐渐地理解贵族生活的物质奢华与礼仪讲究的层次可以如此之高，可以如此地令普通老百姓望尘莫及，也更加坚信读《红楼梦》可以拓宽视野、丰富心灵。

　　古董商人，冷子兴，说起富贵人家故事，颇有点像当年我的那位熟人朋友，聊起来都是一副见过大世面的派头。

　　冷子兴出生既非书香翰墨之族，亦非钟鸣鼎食之家，为什么能把贾府上上下下里里外外的事情知道得那么清楚呢？

　　首先我们了解一下他经营的商品——古董。古董，作为商品，应该具备古老、精致、美和贵等特点。玩古董的人，都是非同寻常的，没有大量闲钱，根本玩不起。即使是有钱人，如暴发户，也不一定拥有古董。能够大量拥有古董的人家，基本上是有传承、有底蕴的诗礼簪缨之族、钟鸣鼎食之家。贾家，正是这样的人家，是冷子兴这个古董商要千方百计去了解的对象。

为什么冷子兴想了解就能了解呢？

先从周瑞家的说起。她是王夫人的陪房，是王夫人从娘家带到贾家来的人，从王夫人的姑娘小姐时期就开始陪伴她，这么多年，都处在相当于贴身秘书的职位，按理是王夫人极为信赖之人。周瑞家的跟冷子兴是什么关系？周瑞家的是他丈母娘。在荣国府里，周瑞家的管太太奶奶们出行的事，这是行踪在握。她的丈夫周瑞管宁国府地租庄子银钱的出入，这是对贾府收入情况了如指掌。这周瑞家的原有些体面，心性乖滑，专管各处献勤讨好，所以各处房里的主人都喜欢她，这说明她情商在线。有这样的岳母岳丈，冷子兴要打听贾家的大小事务，没有什么难度。再加上其岳母也是个爱显摆、爱揽事情的人，连刘姥姥来求办事，她都一路热心奉陪，全程负责到底，更何况是自家女婿呢。

当然了，冷子兴不是光凭了丈母娘，就能头头是道、口若悬河浮说一通的。作为职业古董商，冷子兴有自己的机敏和洞察力。贾雨村跟冷子兴在都中相识，"最赞这冷子兴是个有作为大本领的人"。做古董生意的人，对贵族阶层的风向都比较敏感，因为这涉及生意的盈亏赚赔。古董的价钱，从千到万再到千万，没有定数，都是随行就市。而市场行情，与卖家、买家的家族际遇又息息相关，人事的变化自然会牵扯到古董价值的变化。贾府的兴衰变化，对冷子兴而言，是买卖的大行情，这必然会让他对贾府给予更多的关注，因此他就会知道更多，也更有兴致去追踪贾府的消息。因此种种，冷子兴虽不是上层社会的人，但他的经营范围基本锁定在上层圈子。就像我当年那位拍卖行的熟人朋友，说起当地有钱人家的事，顺口道来，如数家珍。

所以，冷子兴了解贾家，既有天然条件，也是生存需求，更有扩大人脉圈、拓展业务范围的职业追求，还有可能包含对古董本身的文化、历史价值及家族、时代兴衰故事的探究兴致。凡此种种，都给冷子兴了解贾家创造了主观、客观的条件。

下面我们来看另外一个问题，冷子兴为什么说贾家"如今的这宁荣两门，也都萧疏了，不比先时的光景"。

按理，贾府这样的大家族，虽然"内囊却也尽上来了"，但是外头各种体面架子依旧不变，还是要"死要面子活受罪"，处处都要讲排场。不知就里的人照旧觉得贾府很好。可能有人会说冷子兴岳父岳母应该知道一些内里的事情啊。他们确实应该有所知，但是他们作为大家族的侍从，特别是像周瑞家的这种极其懂得周旋讨好家族上上下下的人，他们更愿意与人分享的是他们所知的那些风光事情，享受能够帮人解决问题时的尊荣感。况且富贵人家的礼仪规矩也不是一般严格，非礼勿言、非礼勿听等儒家规矩，在贾府这种诗礼簪缨之族落实得也挺好。这个只要读者细读小说，是很容易感受到这点的。主人间的事情，并不会随意得到流传，如贾雨村在林家教了一年书，都不知道林如海的妻子就是贾敏。另外就是贾府有很多家生奴才，几辈人都在贾府做事，所以，在某种程度上，贾府那些萧条事，在他们看来也属于家丑，不能外扬。

所以，冷子兴对贾府萧疏光景的判断，就主要来源于他作为古董商人特有的敏锐。古董物件的流传里，蕴藏着家族兴亡变化史。如果一个家族兴旺发达，家族子孙一般是买进古董，相反，则不断变卖祖宗遗产。因此，古董商人就可以通过古董的买卖过程，知道谁家兴盛了，谁家没落了。贾府可曾是鲜花着锦、烈火烹油般的钟鸣鼎食之家，到秦可卿出殡时，那压地银山般的出殡队伍，何其豪奢！然而，豪奢的背后，是周转不灵，后来沦落到卖古董周转钱财补贴家用的地步。贾琏就曾经请求鸳鸯替他暗中取走一箱子贾母的宝贝，拿去当铺换银子，以维持日常开支。一个大家族如果子弟争气，那就不会往外卖东西，只会往里买东西。反过来说，等到大家族不行了，穷下来了，败家子儿早都养成了大手大脚花钱的习惯，但是又没有本事赚钱，他们才会打老祖宗留下的财产的主意，才会偷家里的古董去卖。

通过这样的古董市场行情，冷子兴看到了贾府衰败的风向，他对贾雨村说贾府"安富尊荣者尽多，运筹谋画者无一"，确实看得很透彻。想当年，宁荣二公创业时，各种宝贝，不说倚叠如山，也是俯拾即是，别说贾府的主子们不拿宝贝当回事，就连宝玉房里的小丫头都说不知道打碎了多少玻璃缸、玛瑙碗。正如"一鲸落，万物生"，一条鲸死了，沉入海底，它的庞大身躯可以供养一大批海洋生物，让它们活上很久。荣宁二公创下的家业，就像那条逐渐沉入海底的大鲸，贾家子孙后代主要就是靠这条大鲸存活着，没落着。

总体而言，冷子兴只是一个《红楼梦》中很平常的小人物，但是，借古董商人冷子兴之眼，"冷眼看贾府"，能从客观的角度去看到贾府的现状和变化，由此带出贾府的经济危机和渐渐没落的现状。他的话是一种铺垫和警醒，他自身的身份属性、人际圈子和视野范围这三点优势，决定了演说荣国府的人非他莫属。

【学习任务】

1. 冷子兴说："谁知这样钟鸣鼎食之家，翰墨诗书之族，如今的儿孙，竟一代不如一代了！"请你根据文意，补充例子来证明这一说法。并据此推测：贾府要重振家门，希望在哪里？

2. 小说的主人公等都还没有出场，为什么让冷子兴在这里大说特说贾府的人和事呢？

借黛玉贵眼

"步步留心，时时在意。"这是第三回林黛玉去外祖母家时的心态，你去外祖母家这样小心谨慎过吗？林黛玉这样小心翼翼，她在留心什么，又在意什么呢？

林黛玉的双眼在打量侯门公府的极品宅邸。

"忽见街北蹲着两个大石狮子，三间兽头大门，门前列坐着十来个华冠丽服之人。"

这一眼瞥去，规模非同寻常。大石狮子，这是普通人家所没有的，与之匹配的是高等级的贾府建筑。三间兽头，清朝时，二品以下官员人家已经不允许在门上装配兽头了。三间，我国古代建筑称两柱之间为一间，三间意味着贾府大门是四柱三个门，品级很高。随着轿子，林黛玉进了门，"至一垂花门前落下"。什么是垂花门？顾名思义，垂，下垂，指檐柱不落地，垂吊在屋檐下，因垂珠通常彩绘为花瓣的形式，所以称"花"，是古代四合院建筑中一道很讲究的门，它是内宅与外宅（前院）的分界线和唯一通道。进了垂花门，一般也就来到了女眷所在地，古代说"大门不出，二门不迈"，二门，即垂花门。除了垂花门，还有仪门，有三层仪门。所谓仪门，是明清官署、邸宅大门内的第二重正门。不说雕梁画栋，光是一"门"，已是满门风光。

　　除了门风光，贾府建筑还有很多项配，大门口的牌匾是"敕造宁国府"五个大字，皇帝下旨建造。此外，在黛玉去拜见贾政时所见"荣禧堂"，乃是"某年月日，书赐荣国公贾源"。且不说其如何轩峻壮丽，单是这两牌匾，这宅邸的等级，可见一斑。若是再细看，则发现无数顶级贵重物品：穿堂放着一个紫檀架子大理石屏风。紫檀，是木中极品，大理石，在当时也是稀罕物。在荣禧堂内，大紫檀雕螭案上，设着三尺来高青绿古铜鼎，悬着待漏随朝墨龙大画，金蜼彝，玻璃盒，乌木联牌，镶着錾银字迹。看看这装饰，随意一件，拿出来都是顶级宝贝。我们挑"待漏随朝墨龙大画"来了解一下，什么叫"待漏随朝"呢？"漏"古代有种计时器为漏刻，即铜壶滴漏。漏刻的最早记载见于《周礼》。清宫内设有"王公宗室奏事待漏所"。随朝即上朝。综合起来理解，"待漏随朝"就是古时大臣在五更前到朝房等待上朝的时刻。"墨龙大画"，可以顾名思义理解为巨龙在云雾海潮中隐现的大幅水墨画，如此以墨龙大画来喻早朝所见之景象，隐喻朝见君王之意。"待漏随朝"和"墨龙大画"一组合，荣国府非凡势力自得彰表。

　　注目这些建筑、装饰，这宏伟豪华的府邸，那皇帝御书大匾，郡王手题对联，贾府何等豪华气派，威严显赫，确实令人炫目不已。

　　如此豪邸里面住着怎样的人呢？林黛玉看到一群包装精良的人。

　　一看他们非凡的服饰。

　　最有看头的，我以为非王熙凤莫属了。

　　这个人打扮与众姑娘不同，彩绣辉煌，恍若神妃仙子：头上戴着金丝八宝攒珠髻，绾着朝阳五凤挂珠钗，项上戴着赤金盘螭璎珞圈，裙边系着豆绿宫绦、双衡比目玫瑰佩，身上穿着缕金百蝶穿花大红洋缎窄裉袄，外罩五彩刻丝石青银鼠褂，下着翡翠撒花洋绉裙。

　　这扑面而来的金光灿烂、珠光宝气，让人挪不开眼。明末清初文学家李渔对服饰有个看法，"不贵精而贵洁，不贵丽而贵雅，不贵与家相称，而贵与貌相宜"。我只能说，这是平民老百姓的服饰观。有人认为，王熙凤这集一身珍珠宝玉的妆饰，暗示她的贪婪与俗气，侧面反映了她内心的空虚。这想法多多少少有点身份限制了想象力的感觉。作为贵族当家人王熙凤，年轻气盛，能力强，好面子，连家里上上下下的丫鬟也需收拾得体体面面、风风光光的，更何况满屋子金银珠宝首饰、满箱子绫罗绸缎钗环群袄的女主人自己呢？难道让她去找刘姥姥借些粗布麻衣来穿吗？所以，借林黛玉双眼，极力描绘贾府女眷的掌门人的服饰，其主要用意应该在于，把个体放于聚光灯下，把贾府整体的豪奢生活展示给读者看。

来看看王熙凤都有哪些出众的穿着。像金丝八宝攒珠髻、朝阳五凤挂珠钗、赤金盘螭璎珞圈这一类，一看就知道显示了家世富贵，不消多说。洋绉裙呢，绉裙本也不是什么稀罕物件，难得的是洋货，在那年代，这意味着身份地位，也契合她专管外国朝贡的家世背景。古代贵族妇女穿戴最讲究的两个地方，一个是头上戴的，另一个是腰里系的。头上戴的那三样，一看就知道贵重。宫绦、双衡比目玫瑰佩这两样是在腰间。宫绦，宫里所有，却是凤姐腰间佩饰；双衡比目玫瑰佩，是用玫瑰色的玉片雕琢成双鱼形的价值不菲的古玉佩。

王熙凤服饰、佩饰，非常符合古人所谓"衣以章身"，用衣衫来显示身份地位，先敬衣冠后敬人，人靠衣装佛靠金装。

除了王熙凤，还写了贾府三位小姐的服饰，虽是略写，但彰显的富贵气象可见一斑：其钗环裙袄，三人皆是一样的妆饰。就这么简单的一句，但"一样的"，却充分体现大家族的礼仪、规矩与气派，因整饬而庄重得与众不同。

二看他们骄矜的气质。

从三等仆妇开始，已是不凡了。

贾母、邢夫人、王夫人、李纨、迎春、探春、惜春等人，身上都有一种骄矜之气。

三看他们烦琐的礼节。

行走礼节。自黛玉弃舟登岸，便有荣国府打发了轿子并拉行李的车辆久候了。轿夫一顶轿子抬进门，走了一射之地，将转弯时，便歇下退出去了。另换了三四个衣帽周全的十七八岁的小厮复抬起轿子。到了垂花门，众小厮退出之后，众婆子上来打起轿帘。黛玉到贾母居处门口，几个丫鬟笑着迎上来。这么一段并不长的距离，不是一气呵成、畅通无阻地直通车，轿夫的更换、小厮的进退、婆子的上下、丫鬟的轮番更换，半点儿也错不得。这完全不同于咱们今天去外婆家一车即达，蹦蹦跳跳就上楼，开门就往里蹿啊。

用饭礼节。到用饭时，"李氏捧饭，熙凤安箸，王夫人进羹"，十分讲究位次；丫鬟旁边执着拂尘，李纨、王熙凤二人立于案旁"布让"，"寂然"吃饭，吃过了漱口洗手，之后吃茶。一套仪节，均不得乱来。

由此，我们不难看出，贾府的富贵尊荣，不仅是物质上的，还有礼教上的。小说不仅写出了富贵尊荣，也写出了封建社会的等级森严。

借黛玉之眼，我们在贾府的硬件配备与软件呈现中，感受到了大户贵族之家的非凡生活。

【学习任务】

第三回写林黛玉进贾府，牵起一众人等聚于一堂，多少旧事又得重提，难免笑了、哭了。请记录文中众人的笑和哭，并分析其中蕴含的意义。

充发门子背后的人情世界

《红楼梦》第四回可作为《红楼梦》的总纲，说它点明了贾、史、王、薛"四大家族""一荣皆荣，一损皆损"的统治结构。书里虽然只写了贾府一家的衰败史，其实是写以"四大家族"为代表的封建官僚政治的衰败史，预示了封建制度的灭亡。确实有很多读者、专家从政治、历史的角度解读《红楼梦》。

如果从人情小说的角度来读《红楼梦》第四回，也是别具意味。

这一回的重点人物是贾雨村和门子。

门子作为贾雨村的故旧，奔着盼老相识提拔的目的，将所知所策倾囊相授，结果是"后来到底寻了个不是，远远地充发了他才罢"。

为什么会这样呢？看看门子跟贾雨村说了什么。

至密室二人开启交谈，门子开启了"惊天一问"："老爷一向加官进禄，八九年来就忘了我了？"脂砚斋对此语评价是："语气傲慢，怪甚！"我倒是觉得这很像你接了个骗子的电话，人家张口就问："你连我的声音都听不出来了？"当然，如果是骗子，你还可以怼、不理，甚至嘲讽回去。问题是，现在贾雨村面对的是自己的部下，自己是初来乍到，门都还没摸清，面对这语气、这态度，这真是尴尬！贾雨村好歹给应对住了。这不懂事的门子接下来又是炮轰一问："老爷真是贵人多

53

忘事，把出身之地竟忘了，不记得当年葫芦庙之事？"看贾雨村听后什么感觉，"雨村听了，如雷震一惊"。接着听门子的数落。"贵人多忘事"，这责怪！"出生之地忘了"，这加罪！贾雨村风风光光来此地做官，刚一上任，你门子把他当年没爹没娘靠卖字画度日的腌臜事儿一股脑儿往外提，这一剂"刹心语"，搁谁应该也算不上感觉良好吧？

平心而论，贾雨村没有记住门子这故人的义务，也可以没有耐心跟门子回顾往事。但贾雨村不露声色，"忙携手笑道""又让坐了好谈"，表现得像见了家人一样放松，实际上呢？此时的雨村内心充满了戒备。接下来，他就一直用试探、请教的方式，探门子的底，也探案件的底，从头到尾都是"我竟不知""如你这样说来，却怎么了结此案""只目今这官司，如何剖断才好""依你怎么样"，是不是大有刘邦"如之奈何"的风范？

门子显然没发现雨村的戒备，一直兴致勃勃，侃侃而谈，还不忘得意地冷嘲热讽，把自己所知的全都抖搂出来，在抱大腿的机会面前踌躇满志。"这还了得！连这个不知，怎能作得长远？"这骂得爽快是爽快，可这门子对于自己的作死真是毫无知觉，藐视上司，目无尊位，碰到的还是贾雨村这类深谙厚黑学的官。"不瞒老爷说，不但这凶犯躲的方向我知道，一并这拐卖之人我也知道，死鬼买主也深知道。"门子继续在作死的路上步步迈进，"老爷你当被卖之丫头是谁？"如此互动、停顿，还卖关子，这门子真是一厢情愿以为对面是个知己之交。"这人算来还是老爷的大恩人呢！"既显示这边是恩情，又显示那边是护官符，这门子是又黑心又愚蠢。这在贾雨村看来，那感觉不就像有人看着自己干坏事，还拿着个摄像机吗？"老爷当年何其明决，今日何反成了个没主意的人了？"再来嘲讽，胆子之大，简直欺人太甚。这样的谈话方式拙劣至极，谈话内容更是拙劣至极。眼看着贾雨村始终不露底牌，一路装傻到底，小沙弥终于绷不住了："小人已想了一个极好的主意在此……"冥思苦想，贴心贴肺，本想的是借此机会，大立一功，一举成名，一飞冲天。可怜了，这小沙弥门子，想法倒好，却是一厢情愿，犯下致命错误。

首先是以故人姿态，含讥带讽，以示亲近。结果是轻视上司，惹人难堪。"忘了我了？""不记得当年葫芦庙之事？""怎能作得长远？""今日何反成了个没主意的人了？"这些句子一组合，门子这一堆语气、神情，放在工整严肃的衙门，很显然不合适。

其次是口无遮拦，言无不尽。对贾雨村当年寄身葫芦庙的黑历史，对贾雨村当上应天府知府靠的是贾府和王府的内幕，张口就说，知无不言。却没有想到，这可是贾雨村隐藏最深，最不愿被人知道的秘密。这些秘密都被曝光的话，他还有威信可言吗？

门子是坦诚以待，以黑对黑，但他并不知道二人间信息并不匹配。关于英莲，门子虽然在庙里修过行，但显然他没有因此广结善缘，连一点儿怜悯之心也没有，他从来没有想过要利用这段故人相逢的好机会，搭救这个弱女子，并且他算准贾雨村也不会救英莲来影响自己的仕途，所以，他断定自己在这件事上和贾雨村是合拍的。于是推心置腹，建议贾雨村徇情枉法。贾雨村虽然和门子想法不谋而合，但是，他可不希望自己的心迹袒露在这个门子面前，他更不希望门子告诉他这个要救的弱女子是恩人的孩子，在他的良心上，他可以忘恩负义，但不想授人以柄。

信息不对称，关系失衡，制衡之权在贾雨村处，而且，门子聪明外露，野心外露，所以结果也只能是被"远远地充发了"。

贾雨村呢，和当年那个朗声吟诵"玉在椟中求善价，钗于奁内待时飞"的锐意功名的赶考人相比，明显成熟了，学会了深藏不露，学会了过河拆桥，更学会了趋炎附势，奸诈阴狠，这个案子是其仕途之路的重大转折，从此之后，贾雨村傍上了贾府这棵大树，得以青云直上，后来做到大官。

可是，让彻底黑化的贾雨村青云直上，作者到底想揭示什么呢？揭示四大家族败落的内因之一：正义、怜悯，在功名利禄面前，也会消失殆尽。

【学习任务】

有人说，一张"护官符"就是一幅"吃人"的图画。请你抄写或背诵护官符的内容。你同意"护官符是一幅'吃人'的图画"这个说法吗？请说明理由。

香菱学诗

作者：广东仲元中学高一（2）班钟康妮

幻何以警

幻，幻想，虚幻，梦幻，玄幻，空幻，不切实际，无法把控。

警，警示，警戒，警惕，预警，机警，现实存在，无法忽略。

警幻仙姑，又警又幻，似乎矛盾。

初读者几乎忽略第五回，似乎也不影响整部小说阅读。

研究者往往重视第五回，认为第五回是整部小说的纲要。

第五回的主要内容，其实就是贾宝玉的一个梦。

先探究一下贾宝玉为什么会做梦？日有所思，夜有所梦。贾宝玉作为贵族世家贾老太君的掌上明珠，他是否有说不出道不明的烦恼呢？

第五回在贾宝玉进入梦境前，写的是林黛玉的烦恼。写林黛玉的烦恼，先写她的尊荣：自在荣府以来，贾母万般怜爱，寝食起居，一如宝玉，宝黛二人之亲密友爱，亦不同于别个，同行同坐，同息同止，言和意顺，略无参商。林黛玉的烦恼是，如今来了个薛宝钗，品格端方，容貌丰美。这还罢了，更严重的问题是，如此宝钗，人多谓黛玉所不及。因此黛玉心中便有些抑郁不忿之意。宝钗呢，则浑然不觉。

贾宝玉呢，他能觉察到林黛玉的烦恼吗？你看他天性即是一片愚拙偏僻，视姊妹弟兄皆出一体，并无亲疏远近之别，对黛玉略比别个姊妹熟惯些，也因为熟惯，则亲密，因亲密，就免不了一时有求全之毁，不虞之隙。而宝黛一旦发生龃龉，宝玉则前去俯就。现在，薛宝钗来了，又美丽，又温柔，贾宝玉能视而不见吗？当然不能。他还是青春期的孩子，一方面，他知道自己跟林黛玉亲近，也完全接受并享受这种亲近。另一方面，他看到如花似玉的薛宝钗，也自然是喜欢的，也许他并未自觉到这点。但是梦境告诉了他。

看他梦里警幻仙姑匹配给他的成人仪式的对象：

"其鲜艳妩媚，有似乎宝钗，风流袅娜，则又如黛玉。"

"乳名兼美字可卿者，许配于汝。"

梦境中这一女子，有钗黛二人的影子，好理解，为什么还有可卿呢？因为睡觉前，带他到卧室的即是可卿，可卿温柔和平、袅娜纤巧。就是说，虽是梦幻，实乃现实的折射。但在现实中，贾宝玉接受的是贵族世家的礼仪规矩，他是无法直接说他是喜欢、羡慕薛宝钗的，更何况还有林黛玉在他心中的分量，也自然会扼制贾宝玉这样去流露心迹，但梦境可以委婉地道出他的真实心境。而这样的真实心境，就是林黛玉心病的根源，以此开启了她流泪不止的情路历程。

这是第五回最好懂的内容，在序曲和正文之间，通过一场幽梦，看出同谁近，同谁亲，在一个三人鼎立的局面里，潇洒何其不易，纠缠偏痴何得止息？

贾宝玉为什么会做这个梦？这应该就是青春期男孩身心发育与环境融合的成长必然，同时，作者安排用梦境揭示贾宝玉真实的情感取向，意在揭示宝黛钗爱情的悲剧结局。同学们还可以按自己的理解得出其他见解。

再看宝玉在梦中的见闻，有很多乍一看不好懂、琢磨后才发现关联全局的内容。

例如，"群芳髓"，"千红一窟"，"万艳同杯"，因其配料之名贵，配法之超常，实乃凡人所不及，稍不留心，就不知所云了。但若留心琢磨，则又意趣无穷。先确定好这三样物品的类别，群芳髓，相当于今天女士使用的香水，此香乃系诸名山胜境内初生异卉之精，合各种宝林珠树之油所制，这原材料，估计香奈儿香水也是望尘莫及。千红一窟，此茶出在放春山遣香洞，又以仙花灵叶上所带之宿露而烹，露水已然难得，还是鲜花灵叶所带，就更是非比寻常。万艳同杯，此酒乃以百花之蕊，万木之汁，加以麟髓之醅、凤乳之曲酿成。你们说今天的茅台酒配料跟这能比吗？这样一研究，你是不是被曹雪芹夸张的想象力由衷折服呢？就像李白梦境中"霓为衣兮风为马，云之君兮纷纷而来下"。"虎鼓瑟兮鸾回车，仙之人兮列如麻"般的神奇瑰丽，丰富浪漫。不止于瑰丽浪漫，还通过这样的命名预示了整部小说"千红一哭""万艳同悲"的结局。

再如，警幻仙境中各配殿及各色人等的名字，初看也许觉得无聊，如"痴情司""结怨司""朝啼司""夜哭司""春感司""秋悲司""痴梦仙姑""钟情大士""引愁金女""度恨菩提"。

如果细细琢磨，则又别有意蕴。痴情、结怨、春感、秋悲等词，体现的是人间儿女基本的感情，"痴情司""结怨司""朝啼司""夜哭司""春感司""秋悲司"，就俨然人间妇女身世命运、生前身后之档案材料馆，这可是前所未闻的凭空杜撰。至于"痴梦仙姑""钟情大士""引愁金女""度恨菩提"，"仙姑"与"大士"、"金女"与"菩提"，一道一佛，两相对举，而"痴梦""钟情""引愁""度恨"又非道非佛，全然是世俗化、情感性的词语，不伦不类、离奇古怪。还有就是"太虚（道）幻境（佛）""警幻（佛）仙姑（道）"亦佛亦道，非佛非道。凡此种种，感觉就像一个大杂烩，然而，就是在这种"杂"里，显示出曹雪芹"以我为主"的异想天开。"太虚幻境"的

"杂"只是表面的，杂取种种，驰骋万物，真正表现的内容却无比深刻而丰厚，或许是人在高处，看到人间无尽风光，无尽悲凉，无尽繁华，无尽凋零，无尽喜乐，无尽哀伤，无限眷恋，无限悲悯，任意组合，实乃戛戛独造，韵味无穷。

除此之外，这里的整体环境"珠帘绣幕，画栋雕檐""仙花馥郁，异草芬芳"。脂批云："已为省亲别墅画下图式矣。"确实，这里就像现实环境的大观园。太虚幻境即仙界的大观园，大观园即人间的太虚幻境——幻即真，真即幻，幻中影真，真中影幻。

曹雪芹的布局，是如此机密巧妙，不止于大观园与太虚幻境的呼应，群芳髓与薛宝钗的冷香丸配方，千红一窟茶水与妙玉泡茶的雪水，万艳同杯酒与贾府家宴上的各色美酒……多少奇妙之笔，引得无数"红迷"，就像福尔摩斯般探索不已。

贾宝玉梦游之地叫太虚幻境，而掌管这个地方的人却叫警幻仙姑，这个警幻仙姑的"警"其实是"警示""监督"的意思，太虚幻境的主人，却有警醒和督促的意味，这似乎充满人间与仙境的不调和。正如警幻仙姑想"警其痴顽，或能使彼跳出迷人圈子"，然而宝玉却终不得悟。正如僧道劝诫石头"到头一梦，万境归空"它却依旧苦求入世一样地执着。以此揭示《红楼梦》的另一个主旨，生命美好，值得眷恋。

第五回乍看很难，然而细读之后，能感受到作者对读者的温情关照，在一部人物如此众多的小说里，人物是那样复杂，在结构上不能不有一二次笼罩全局的提纲挈领式的叙述。用判词做了诸多精彩而神秘的预示，用红楼梦曲定下悲凉的抒情基调。或直抒胸臆，或怀悼眷恋，或反省悔恨……种种复杂的感情交织在一起，一唱三叹，如泣如诉，低回婉转。这种基调不仅回荡在太虚幻境，也笼罩《红楼梦》全局。

【学习任务】

1. 读熟薄命司中的"金陵十二钗判词"，和《红楼梦》十二支曲子。请根据判词和曲子的内容，仿照示例，分析其中两位金钗的性格及命运预测。

示例：

王熙凤判词：

凡鸟偏从末世来，都知爱慕此生才。一从二令三人木，哭向金陵事更哀。

王熙凤曲词：

机关算尽太聪明，反算了卿卿性命。生前心已碎，死后性空灵。家富人宁，终有个家亡人散各奔腾。枉费了，意悬悬半世心；好一似，荡悠悠三更梦。忽喇喇似大厦倾，昏惨惨似灯将尽。呀！一场欢喜忽悲辛。叹人世，终难定！

判词首先就把王熙凤末世的大背景交代清楚，暗示贾府掌权人的悲剧命运。虽然众人都很爱惜她的才能，其结局最终落得一"哭"一"哀"。曲词则用"聪明累"三个字，高度概括王熙凤的一生，为荣国府大管家，操心劳累，苦苦支撑，但最终也没有止住大厦倾颓的脚步。奈何机关算尽，聪明一世，到头来聪明反被聪明误，最终害了自己性命。

2. "太虚幻境"所展示的生活条件确非人间能比，但又是富贵生活的折射。请你阅读第三回、第十三回、第十七回、第四十一回，写出这几回的回目。并思考：贾府的富贵生活体现在哪些方面？

附 [学习任务参考解析]

古董商的见识

【学生作业展示】

高一（1）班吴骐：

1.①贾琏因为流动资金不够，请求鸳鸯从贾母处偷一些珍宝。贾琏没有自己赚钱的能力，但是却过着奢侈的生活，无钱时就只得啃老，打老祖宗财富的主意。

②例如，贾宝玉等子孙，不思上进也不居安思危，只会贪图享乐，都是纨绔子弟，不具备解决贾府问题的实质性能力，终日只会玩乐、赏花。

③平日过于铺张浪费，如元妃省亲就是由盛转衰的转折点，以及奴才和丫鬟的吃穿用度，都是高待遇。而不注重子弟的教育培养，导致他们玩物丧志，没有能力。

希望：

①重视子孙的教育，严格监督学习，培养能力。这是最为关键的一点。

②平日减少花销，类似元春省亲这样的活动定不能举行。

③减少铺张浪费，裁员，不让丫鬟奴才拥有如此高的待遇。

2.①借用冷子兴的话，通过旁观者角度，让读者对贾府中的人和事有初步了解，更好展开后文的情节，避免在后文浪费篇幅呆板地介绍人物关系，比平铺直叙更加有趣。这是一种小说的写作手法和技巧。

②冷子兴是周瑞家的女婿，和贾府没有直接亲戚关系。因此通过他的话，更加客观冷静不带感情地写出贾府人物概况，且更有可信度，也展示了古董商敏锐的职业素养。

③将贾府宏大的人物关系图展示于读者面前，给读者带来震撼，激发读者的阅读兴趣。

高一（2）班赖苗苗：

1.①宁国公死后，长子贾代化袭了官，他有两儿子，长子八九岁时死了，次子贾敬袭官，如今却一味好道，只爱炼丹炼汞，别事一概不管，一心只想做神仙，不在家中住，只在都中城外和那些道士胡羼，可谓无能。

②贾敬的儿子贾珍不干正事，一味高乐不了，把荣国府竟翻了过来，无人敢管。

③荣国公长孙贾赦袭了官，为人中平，也不管事，荣国公次孙贾政自幼酷爱读书，为人方直却未袭官。

④贾政儿子贾宝玉暴虐顽劣，种种异常，却受祖母溺爱，每因孙辱师责子，似个不成器的。

贾府要重振家门的希望：冷子兴说"只可惜他家的几个姊妹都是少有的"，如政老爷长女元春，因贤孝才德，入宫做女史。由此可见，贾府这一代姊妹都是各有贤才之人，着重培养，也能有一番作为。

2.其一，厘清贾府关系脉络，使作者在进行叙述时读者能够清晰人物关系，介绍贾府背景，减少阅读障碍，阅读效果更好。

其二，说明贾府中如今的状况，每一个贾府成员对贾府最终衰败结局的影响，同时为主人公的出场做了铺垫。

其三，使贾雨村生出投奔贾家的念头，推动故事情节发展。

……

【教师解析】

1. 宁国公长子贾代化袭官，这是第二代。其长子贾敷早死，次子贾敬如今好道，只爱炼丹炼汞。这种休闲望道的行为，常常是大家族走向没落时常有的现象，这是第三代。到了贾敬的儿子贾珍，这珍爷不肯读书，只一味高乐，无人敢管。其子贾蓉，有如此上梁不正的父亲，这第五代状况可想而知。

荣国公长子贾代善袭官，娶金陵世勋史侯家小姐，即贾母，长子贾赦，袭着官，后文关于他的故事主要是，看到凡是有点头脸的丫头都想往屋里拉，向贾母要鸳鸯不成，到底花了八百银子买了个小妾才算了事。次子贾政，自幼酷爱读书，祖父最疼，如今升了员外郎。其长子贾珠，早死，次子宝玉，一生下来，嘴里便衔一块五彩晶莹的玉来。

贾府重振家门的希望在贾宝玉身上。从其父亲贾政的性情、学问、家风等方面可知，贾府到贾政这一脉，还没有腐烂颓废到不可救药，若是贾宝玉可以接受封建正统教育，则科甲出身，光耀门庭还是有希望的。而贾宝玉在这件事上，却是彻头彻尾地叛逆，这就让贾府的家族悲剧完全无解了。

2. 小说前五回都不是正文。这第二回的主要人物在冷子兴一人。让他以茶余饭后、把酒开宴的方式演说荣府，就能让偌大家族、诸多人口，以聊天的方式略出一大半，使读者轻轻松松就隐隐然有一荣府在心中。然后第三回安排林黛玉登场，再细看其规模形容，则贾府耀眼于心中眼中。这挺像画家作画，先勾勒概貌，再点染出彩。

冷子兴的演说，先写林如海、贾敏，从外戚写起，由远及近、由小及大，极有章法。开笔则写贾敏已故，又是省俭文笔，是为林黛玉速速入贾府做传带。脂砚斋批语："先以此回作两大笔以冒之，诚是大观。世态人情，尽盘旋于其间，而一丝不乱，非具龙象力者，其孰能哉？"

借黛玉贵眼

【教师解析】

笑得最离谱的是王熙凤。"只听后院中有人笑说'我来迟了'"，一改肃穆严整气氛，令黛玉纳罕、好奇不已，这便是王熙凤，放诞无礼，出场就似带来一阵风，掀起一层浪，瞬间成为全场焦点。除了笑得与众不同，哭，王熙凤也是说来就来，说起黛玉母亲，马上抹泪，贾母一阻止，忙转悲为喜。变换之快，比遥控器反应还灵敏。

笑得最轻的是王夫人。王夫人笑什么呢？二人一段关于缎子的对白，看似毫不起眼的家长里短，为什么摆在有贵客到来的大场面讨论？结论就在王夫人的"一笑"里："月钱放过了不曾？"熙凤道："月钱已放完了。才刚带着人到后楼上找缎子，找了这半日，也并没有见昨日太太说的那样的，想是太太记错了？"王夫人道："有没有，什么要紧。"因又说道："该随手拿出两个来给你这妹妹去裁衣裳的，等晚上想着叫人再去拿罢，可别忘了。"熙凤道："这倒是我先料着了，知道妹妹不过这两日到的，我已预备下了，等太太回去过了目好送来。"王夫人一笑，点头不语。你觉得王夫人笑什么？是笑王熙凤装腔作势的关心，笑王熙凤对自己的适当抬举，笑王熙凤表演总是顺势而上吧。除此之外，应该还有对林黛玉的爱怜，对这样场景见惯不怪的淡定。

哭得最令人感慨万千的是贾母。贾母在见到林黛玉时，哭了两次。第一次是一把把黛玉搂在怀里，心肝儿肉地叫着大哭起来。这里固然有一种白发人不见黑发人的悲哀和爱屋及乌的心情。但已经看尽人间悲欢聚散，人情冷暖，又是豪门大户出身的贾母，以她做事做人滴水不漏的精明劲儿，这样"心肝儿肉地叫着大哭"，心痛当然也是真心痛，但演戏给她的儿媳和下人们也是这一哭的目的吧。贾母如此一哭，也少不了向众人宣示：这是我最爱的宝贝，你们不可小看她，怠慢她，否则我不依！第二次的哭自然真切动人，发生在聊天时，大家说些黛玉之母如何得病，如何请医服药，如何送死发丧，不免贾母又伤感起来，因说："我这些儿女，所疼者独有你母，今日一旦先舍我而去，连面也不能一见，今见了你，我怎不伤心！"说着，搂了黛玉在怀，又呜咽起来。一个白发苍苍的老人，搂着一个五六岁的小女孩，那种悲痛的压抑的，想克制又克制不住的场景历历在目，使人联想到老来丧女，女孩幼年丧母双重之痛。读者免不了唏嘘感慨。

充发门子背后的人情世界

【教师解析】

（1）内容：

贾不假，白玉为堂金作马。

阿房宫，三百里，住不下金陵一个史。

东海缺少白玉床，龙王来请金陵王。

丰年好大雪，珍珠如土金如铁。

（2）分析：

同意。

护官符首先体现的是四大家族豪奢至极的物质生活状况。贾家，用白玉盖房，用黄金铸马。史家，三百里宽的阿房宫，住不下保龄侯尚书令。王家，奇货可居到连龙王缺少的世上罕见的卧床都可以找他们解决。薛家，金块珠砾，鼎铛玉石，耗之不惜，有如雪飘。这是何等穷奢极欲，他们占有的财富怎能计数，其挥霍之漫无节制不敢想象。

其次体现的是四大家族通过联姻，彼此紧密勾连在一起，形成"一荣皆荣，一损皆损"的统治网络，为了共同的利益，他们不惜飞扬跋扈，作恶多端。像薛蟠打死冯渊，冯家"告了一年的状，竟无人作主"，这只是四大家族上通皇帝，下串州县，为己之利，不恤民情之一例罢了。

最后体现的是，护官符是老百姓对贵族阶层相互关系和暴虐行为极其愤慨的体现，这样的顺口溜在民间流传，反映了血淋淋的阶级压迫与剥削的事实。而无数的封建社会黑暗现象出现的原因其实就是为护官符所揭示的现象的存在。

不太同意。护官符不仅仅体现"吃人"现象，还有诸多丰富内涵。

首先，能体现生态多样性。四大家族的外表，都是赫赫扬扬，但护官符却揭示了各家的不同。"贾不假，白玉为堂金作马"突出贾家的贵气。"阿房宫，三百里，住不下金陵一个史"突出史家的权势。"东海缺少白玉床，龙王来请金陵王"突出王家的奇货可居。"丰年好大雪，珍珠如土金如铁"突出薛家的多金。总体而言，贾、史两家更偏重于权，而王、薛两家更偏重于钱。同时可看出这四大家族家风的差异，通过后面的内容，也可以见证这种差异。贾家的小姐妹琴棋书画都精通，史家上至贾母很有情趣，下至史湘云，能诗能文。王熙凤呢？可是连字都不大认识，薛家宝钗是有精神生活，可是薛蟠，也是大字不识几个的。

其次，与后面绵绵不绝的亲戚关系形成呼应。以贾府女眷为例，贾母，是史家的姑娘；王夫人，是王家的姑娘；王熙凤，还是王家的姑娘。那贾宝玉的二奶奶人选，究竟会是谁呢？与这护官符会有关系吗？

开始的时候，贾母考虑的是史湘云吗？若是薛宝钗呢？那贾府女眷的权势会发生很大的变化，这就更考验故事中的女人们掌家分权的智慧。所以护官符揭示的并不仅仅是封建贵族统治者"吃人"的一面，也暗示了他们自身的矛盾与腐朽。

所以，一张小小的护官符，其实有很大的学问，既是"'吃人'图画"，又是"简笔繁画"。

幻何以警

【教师解析】

1. 略。

2. 第三回　托内兄如海荐西宾　接外孙贾母惜孤女

第十三回　秦可卿死封龙禁尉　王熙凤协理宁国府

第十七回　大观园试才题对额　荣国府归省庆元宵

第四十一回　栊翠庵茶品梅花雪　怡红院劫遇母蝗虫

贾府富贵生活主要体现在以下几个方面：

① 高端的朋友圈。元春为贵妃，四王八公都和贾府有来往，王、史、薛三家姻亲联络更加紧密。贾府很多匾额、对联，俱是御笔。

② 轩峻的宅邸。厅殿楼阁，布局讲究，各具特色，花园阔达，人工湖精巧。

③ 高端的文化品位。隔水听音乐，窗帘、家居摆设，听戏的讲究，节日雅集，诗词大会，还有很多行善积德行为，等等，显示贾府丰富的文化生活。

此外，还可从饮食文化、服饰文化、医学文化、花草装饰等方面做分析。

第三章

体味人物形象的
多样性与复杂性

《红楼梦》人物多样，不仅数量多，而且类别多，同一个人物形象特点复杂，不同人物形象特点各异，显示出多姿多彩的庞大的人物群体。

如此多的人物，要让他们有序地在一起生活19年，曹雪芹因此对这几百位人物做了多样化、结构化的整体设计。在小说前五回，就运用了多种艺术手段，对主要人物关系及其各自命运，做了一些梳理和暗示，以减少读者陷入人物迷障的阅读困难。在人物塑造的多样化方面，对于宝黛钗和王熙凤等主要人物，基本采用了圆形、立体化的方式来塑造他们性格的多个侧面。对于一些次要人物，则基本使用了扁平化、符号化的人物塑造方式。比如，同样是反面角色的薛蟠和贾环，薛蟠就会有些可爱的地方，而贾环，则是个扁平形象，无优点可言。至于一些更边缘化的人物，则借助谐音或者行为的某种概念化关联，来呈现其基本的形象特征，如娇杏、乌进孝等。在人物塑造的结构化方面，作者也是颇费匠心，既有金陵十二钗等群体归类，又有各种对比，如黛玉与宝钗以及湘云与妙玉等的对比，此外，还有各种类比，如袭人与宝钗以及晴雯与黛玉等的类比。

下面着重于人物形象的多样性与复杂性，听听《红楼梦》中主要人物的故事。

王熙凤

作者：广东仲元中学高一（1）班吴琳

聊天达人王熙凤

"世上的话，到了凤丫头嘴里也就尽了。幸而凤丫头不认得字，不大通，不过一概是市俗取笑。更有颦儿这促狭嘴，他用'春秋'的法子，将市俗的粗话，撮其要，删其繁，再加润色比方出来，一句是一句。"

这是第四十二回，刘姥姥再进大观园，众姊妹在园中玩耍嬉笑，当林黛玉把刘姥姥比作"母蝗虫"时，薛宝钗说的一番话。

宝钗意在用王熙凤的能说会道，衬托林黛玉更能说会道。

林黛玉确实非常会说话，但常常把天给聊死。

而王熙凤则常常靠"市俗取笑"，把天聊得风生水起。

王熙凤没怎么读过书，缺乏林黛玉式的"春秋"笔法以及小姐们的文雅含蓄，那她聊天有什么特点呢？

第一，她用民间俗话套语得心应手，让人听起来诙谐生动、幽默有趣。

来看看凤姐和丈夫贾琏的聊天记录。凤姐料理完宁国府秦可卿的葬礼，贾琏也处理完林如海的丧葬事宜从苏州回来，凤姐为贾琏接驾，贾琏遂问别后家中的事，又谢凤姐操持劳碌。凤姐道：

"我那里照管得这些事！见识又浅，口角又夯，心肠又直率，人家给个棒槌，我就认作针。……你是知道的，咱们家所有的这些管家奶奶们，那一位是好缠的？[甲戌侧批：独这一句不假。脂砚。]错一点儿他们就笑话打趣，偏一点儿他们就指桑说槐的报怨。'坐山观虎斗''借剑杀人''引风吹火''站干岸儿''推倒油瓶儿不扶'，都是全挂子的武艺。况且我年纪轻，头等不压众，怨不得不放我在眼里。……依旧被我闹了个马仰人翻[庚辰侧批：得意之至口气]……"

"给个棒槌认作针"，加上后面一连引用5个俗语，好听好懂好玩，将处理完大事件的得意，夹在夫妻小别重逢时撒娇卖萌的轻松里，将自己如何威重令行、如何将宁国府料理得井井有条不动声色地分享给了丈夫贾琏。

第三十回，贾宝玉和林黛玉吵架，贾母不放心，打发王熙凤去劝和，王熙凤回来对贾母说：

"我说他们不用人费心，自己就会好的。老祖宗不信，一定叫我去说合。我及至到那里要说合，谁知两个人倒在一处对赔不是了。对哭对诉，倒像黄鹰抓住了鹞子的脚，两个都扣了环了，那里还要人去说合？"

"黄鹰抓住了鹞子的脚"，非常形象生动地道出宝黛二人难舍难分的情形，把满屋子的人说得都笑起来。设想一下，如果王熙凤说："他们两个已经好得分不开了，哪里还要人去说合呢？"这就毫不起眼了吧。

这样的俗语，王熙凤张口就来。比如，她说自己和平儿是一对"烧糊了的卷子"，数落平儿帮尤二姐的忙是"人家养猫拿耗子，我的猫只倒咬鸡"，骂张华是个懦弱胆小、不中用的"癞狗扶不上墙的种子"，大闹宁国府时对尤氏、贾蓉说"拼着一身剐，敢把皇帝拉下马"，向尤氏、贾蓉解释为了了结张华一事自己的窘境是"耗子尾上长疮——多少脓血"……

信手拈来的这些俗语歇后语，使得凤姐的表达能力，一点儿也不输给那些饱读诗书的姑娘。

第二，王熙凤的幽默还表现在她善于使用比喻、拟人等修辞手法，把非常枯燥的事情说得生动有趣。

第三十八回，贾母回忆起小时在自家"枕霞阁"玩耍时，被木钉把头碰破了，如今鬓角上指头顶大一块窝儿就是那残破了。凤姐不等人说，先笑道：

"可知老祖宗从小儿的福寿就不小，神差鬼使碰出那个窝儿来，好盛福寿的。寿星老儿头上原是一个窝儿，因为万福万寿盛满了，所以倒凸高出些来了。"

巧妙地将碰撞的伤痕比喻为"福寿窝"，把贾母逗得非常开心。

贾母笑道："明儿叫你日夜跟着我，我倒常笑笑觉的开心，不许回家去。"

第四十七回，王熙凤陪贾母打牌，王熙凤指着贾母放钱的箱子说：

"姨妈瞧瞧，那个里头不知顽了我多少去了。这一吊钱顽不了半个时辰，那里头的钱就招手儿叫他了。只等把这一吊也叫进去了，牌也不用斗了，老祖宗的气也平了，又有正经事差我办去了。"

恰巧平儿又送了一吊钱过来，王熙凤说：

"不用放在我跟前，也放在老太太的那一处罢。一齐叫进去倒省事，不用做两次……"

王熙凤的话，贾母笑得手里的牌都撒在桌子上。试想，如果王熙凤说："这一吊钱也要马上输给您了。"就远比不上这里使用拟人手法的俏皮生动有趣了。

第三，王熙凤的幽默还表现在常常正话反说。

　　王熙凤是贾府中常常能够和贾母开玩笑的人，她对贾母的打趣，表面上是调侃贾母，实则是赞美，有一种欲扬先抑的喜剧效果。

　　第四十六回，荣府发生了一件尴尬事，贾赦欲强娶鸳鸯，鸳鸯不从，还当着众人闹到贾母面前，这令贾母大为光火，来了一通很少见的骂人，骂贾赦、邢夫人，接着又骂王夫人，还责怪王熙凤没有告诉她。王熙凤是怎样化解的呢？她说：

　　"我倒不派老太太的不是，老太太倒寻上我了？"

　　贾母觉得奇怪，就问为什么，王熙凤说：

　　"谁叫老太太会调理人？把人调理得像水葱似的，怎么怨得人要？我幸亏是个孙子媳妇，若是孙子，我早要了，还等到这会子呢。"

　　一席话，贾母化怒为笑。

　　厉害吧！一石三鸟，一则让贾母不派自己不是，二则赞美贾母会调教人，三则转换视角提醒贾母不用为此生气。

　　第二十二回，为给薛宝钗过生日，贾母拿出二十两银子。二十两银子在那时是个什么概念呢？刘姥姥说过，二十两银子可以供庄户人家一年的开销。王熙凤却对贾母说：

　　"巴巴的找出这霉烂的二十两银子来作东道，意思还叫我赔上。果然拿不出来也罢了，金的、银的、圆的、扁的，压塌了箱子底，只是勒掯我们。……这个够酒的？够戏的？"

　　应该说，贾母出手二十两银子，已经够多了，王熙凤还要说不够，这是典型的正话反说，这样说富有喜剧效果。就好比说，奶奶给你6000元（相当于当时二十两银子的消费量）压岁钱，你说："奶奶，你真小气，才给6000元！"这就是正话反说，既进行了别致的赞美，又使谈话变得生动有趣，气氛亲切而活跃。

　　最后提一点，王熙凤说话时照顾全场，其临场应变的能力也是非同一般。

第三回，林黛玉进贾府，凤姐第一次出场，一番精彩的表演，确实令在场所有人听着没毛病。

"天下真有这样标致的人物，我今儿才算见了！况且这通身的气派，竟不像老祖宗的外孙女儿，竟是个嫡亲的孙女，怨不得老祖宗天天口头心头一时不忘。只可怜我这妹妹这样命苦，怎么姑妈偏就去世了！"

这一番话，表面夸赞林黛玉，实则为讨好老祖宗，顺便也盛赞了在场的贾家姐妹。被认同、被赞美、被鼓励，是你的刚需，也是别人的刚需，王熙凤的出场显示她深谙此道。

第十一回，贾敬大寿，可因为他修道，不在意凡尘俗世，导致王夫人、邢夫人等去贺寿不见寿星，碰了一鼻子灰，说：

"我们来原为给大老爷拜寿，这不竟是我们来过生日来了么？"

王熙凤立刻接话道：

"大老爷原是好养静的，已经修炼成了，也算得是神仙了。太太们这么一说，这就叫作'心到神知'了。"

以此化解了大家的尴尬和不满，满屋里的人都笑了起来。

第五十四回，元宵赏月时，王熙凤说聋子放炮仗的笑话，说有个人偷偷点了聋子手里的炮仗，聋子还以为是炮仗不结实散了。说完之后，王熙凤对大家说："外头已经四更，依我说，老祖宗也乏了，咱们也该'聋子放炮仗——散了'罢。"一席话，自创自练，惹得大家又笑起来。

王熙凤根据现场，自创各种诙谐语言，显得游刃有余，闪耀着聊天达人的光彩。哪里有她，哪里就会有笑声。

在整个贾府中，对王熙凤的为人可是有诸多看法，但是，对她的口才却是众口一词，就连那些说书的女艺人都对她佩服不已：

"奶奶好刚口。奶奶要一说书，真连我们吃饭的地方也没了！"

也因此，她深受贾母喜爱，但是贾母宠爱王熙凤，绝不仅仅因为她会说话。凤姐常常拿老祖宗开玩笑，其实是有一点儿放肆的，但贾母却笑说：

"我喜欢他这样，况且他又不是那不知高低的孩子。家常没人，娘儿们原该这样。横竖礼体不错就罢，没的倒叫他从神儿似的作什么。"

由此可见，除了诙谐、幽默、灵活多变的语言风格外，凤姐知高低、懂轻重，处处都守住了礼教的大体，这才是贾母喜欢她的更深层的原因。也因此，王熙凤才得贾母、王夫人的信任。我们读者也可以从中感受到凤姐温暖而有趣的一面。

【学习任务】

王熙凤是曹雪芹非常喜欢的一个人物，除了机敏、能干和风趣外，还有心狠手辣的一面。请结合贾瑞的故事和尤二姐的故事，说说你对王熙凤"狠"的认识。

裙钗可齐家

　　王熙凤是曹雪芹所刻画的一只光彩辉煌的凤凰，足以担任贾府这艘大船上的指南针。

　　这是台湾大学中国文学系教授欧丽娟对王熙凤形象的理解。她把王熙凤比作泰坦尼克号的掌舵者，说贾家从繁华到没落，就像泰坦尼克号被冰山撞沉的故事加以放大、延长的版本。

　　有趣的是，第五回太虚幻境里关于王熙凤的图文谶语里也有一座冰山：

　　一片冰山，上面有一只雌凤。其判曰：

　　凡鸟偏从末世来，都知爱慕此生才。

　　一从二令三人木，哭向金陵事更哀。

　　这样一联想，我觉得欧丽娟对曹雪芹的这一解读，真是非常贴切，看完《红楼梦》的读者大概都知道，贾家确实就像面临了一片冰山，危机四伏，然而，贾府上下，亦如泰坦尼克号上的乘客，浑然不觉，照常歌舞升平，安富尊荣。

　　这一片冰山之上，有一只雌凤。贾家，有一个王熙凤，费心尽力，凭借她的才干、德行、贵族的伦理、裙钗的柔情、泼辣的手段，操持着贾家这艘大航船。

先看其才干。

"杀伐决断",乍一看这四个字,你或许认为她刚硬冷血,其实呢,这正是王熙凤管家的核心本领。贾珍在"治秦可卿丧礼"时,苦于身边无得力助手,便委重任给荣国府理家人王熙凤,说:"从小儿大妹妹顽笑着就有杀伐决断。"这说明王熙凤从小就显示出思维缜密、敢做敢当、豪气十足的特点。如果没有这钢铁般的性格和铁腕的管理,在这上千人的贾府,在繁杂刁蛮的人事里,难道王熙凤能凭"好心肠"打理好这一切吗?那是不可能的,在第五十五回,王熙凤生病,王夫人只得重新调配人马,当时"众人先听见李纨独办,各各心中暗喜,以为李纨素日原是个多恩无罚的,自然比凤姐儿好搪塞"。可见,"徒善不足以为政"。

心心在一艺,其艺必工;心心在一职,其职必举。王熙凤得到"协理宁国府"这个机会后,立马大刀阔斧地精准施策,这职业精神、责任意识,不用去看东家说、西家评,看看文本的表述:

"太太只管请回去,我须得先理出一个头绪来,才回去得呢。"

王熙凤即刻投入工作,毫不扭捏,承担起这样一个福祸未知、充满挑战的工作,果敢地骑上了宁国府这只老虎。

这里凤姐儿来至三间一所抱厦内坐了,因想:头一件是人口混杂,遗失东西;第二件,事无专执,临期推委;第三件,需用过费,滥支冒领;第四件,任无大小,苦乐不均;第五件,家人豪纵,有脸者不服钤束,无脸者不能上进。

王熙凤头脑清醒,梳理清晰,逻辑清楚,把问题捋得一清二楚,接下来就是精准施策。且看王熙凤的就职第一场演说:

"既托了我,我就说不得要讨你们嫌了。我可比不得你们奶奶好性儿,由着你们去,再不要说你们'这府里原是这样'的话,如今可要依着我行，错我半点儿，管不得谁是有脸的，谁是没脸的，一例现清白处治。"说着，便吩咐彩明念花名册，按名一个一个的唤进来看视。

此番演说无一字虚言，先将丑话说在前头，嫌不嫌不是"我"做事的标准，原来的规则也别提，惩处起来也不分职位高低人情厚薄，有破尽痼弊根底的胆量。说完，一个一个唤进来面试，欲量才而用。这气魄！难怪宁府一帮人议论纷纷："那是个有名的烈货，脸酸心硬，一时恼了，不认人的。""论理，我们里面也须得他来整治整治，都特不像了。"

凤姐将宁国府一众人等检阅完毕，马上有条不紊地做了精细分工，专事有专人，专人有专项，各司其职，各担其责，不得不佩服凤姐清晰的脑回路。只听见凤姐又吩咐道：

"这二十个分作两班，一班十个，每日在里头单管人客来往倒茶，别的事不用他们管。这二十个也分作两班，每日单管本家亲戚茶饭，别的事也不用他们管。这四十个人也分作两班，单在灵前上香添油，挂幔守灵，供茶供饭，随起举哀，别的事也不与他们相干。这四个人单在内茶房收管杯碟茶器，若少一件，便叫他四个人描赔。这四个人单管酒饭器皿，少一件，也是他四个人描赔。这八个人单管监收祭礼。这八个人单管各处灯油、蜡烛、纸札，我总支了来，交与你八个，然后按我的定数再往各处去分派。这三十个每日轮流各处上夜，照管门户，监察火烛，打扫地方。这下剩的按着房屋分开，某人守某处，某处所有桌椅古董起，至于痰盒掸帚，一草一苗，或丢或坏，就和守这处的人算账描赔。来升家的每日揽总查看，或有偷懒的，赌钱吃酒的，打架拌嘴的，立刻来回我。你有徇情，经我查出，三四辈子的老脸就顾不成了。如今都有了定规，以后那一行乱了，只和那一行说话。素日跟我的人，随身自有钟表，不论大小事，我是皆有一定的时辰。横竖你们上房里也有时辰钟。卯正二刻我来点卯，巳正吃早饭，凡有领牌回事的，只在午初刻，戌初烧过黄昏纸，我亲到各处查一遍，回来上夜的交明钥匙。第二日还是卯正二刻过来。说不得咱们大家辛苦这几日，事完，你们家大爷自然赏你们。"

先是分派清楚，接着是惩戒分明，然后是协理口气，摆正位置，最后回到"你们大爷赏"，所谓先礼后兵是也，脂批云："好收煞。"

一番调治下来，结果是：

众人领了去，也都有了投奔，不似先时只拣便宜的做，剩下的苦差没个招揽。各房中也不能趁乱失迷东西。便是人来客往，也都安静了，不比先前正摆茶、又去端饭，正陪举哀又顾接客。如这些无头绪、荒乱、推托、偷闲、窃取等弊，次日一概都蠲了。

厉害吧！偌大个宁国府，盘根错节的、剪不断理还乱的一团乱麻，凤姐一上场，三下五除二，理出个头绪来。凤姐脑袋里，该有多少现代企业生产的流水作业图啊！难怪周瑞家的赞叹"这凤姑娘年纪虽小，行事却比世人都大呢"。的确，这凤姐实在太能干了，所以判词里说"都知爱慕此生才"，这是极大的赞美！

再看凤姐的德行。

在我自己没有仔细阅读《红楼梦》前，我脑袋里关于凤姐的评价，基本是阴险、狠毒、泼辣、贪婪、庸俗甚至淫乱。

但是，当我自己拿着文本慢慢细看时，却时时情不自禁地为王熙凤赞叹，我觉得王熙凤在遵循大家族礼法方面做得很好。

作为封建时代大家庭里的媳妇，上有三层公婆，贾母、王夫人、邢夫人。孝敬公婆，这是王熙凤的分内之事，王熙凤做到了，而且不是迫于外力，而是骨子里的认知与担当。

在宝玉挨打之后，想吃莲叶羹，这道美食不算高贵，但工序烦琐，很是磨牙，凤姐是怎么处理这桩事情的呢？

　　吩咐厨房里立刻拿几只鸡，另外添了东西，做出十来碗来。王夫人道："要这些做什么？"凤姐儿笑道："有个原故：这一宗东西家常不大作，今儿宝兄弟提起来了，单做给他吃，老太太、姑妈、太太都不吃，似乎不大好。不如借势儿弄些大家吃，托赖连我也上个俊儿。"贾母听了，笑道："猴儿，把你乖的！拿着官中的钱你做人。"说的大家笑了。凤姐也忙笑道："这不相干。这个小东道我还孝敬的起。"便回头吩咐人："说给厨房里，只管好生添补着做了，在我的账上来领银子。"

　　所谓孝敬长辈，不就是在吃喝起坐、玩乐冷暖等日常小事上，还需要心里有他们吗？凤姐在无数个大小场合，都能考虑长辈，尤其是贾母的感受，也许你认为这是讨好，但只要你抛弃所有成见，看看文本是怎样表现的，你也会和我一样在"天天应承了老太太，又要应承这边太太那边太太"的行为里，看到一个出类拔萃的媳妇的角色。你看她在自己生病、探春理家时，一心替探春、替太太着想，宁可委屈自己，也要给探春撑面子，她说：

　　"按正理，天理良心上论，咱们有他这个人帮着，咱们也省些心，于太太的事也有些益。"

　　这是凤姐和平儿的私房话，言辞中有对探春、对王夫人的体贴入微、细心照应，这是真诚的自然流露。

　　除了上面三层公婆，中间还有无数姊妹妯娌，凤姐对她们，也是疼爱有加。

　　第五十一回到第五十二回，因为冬天天冷，王熙凤建议专门为大观园的小主们就地准备餐食，贾母、王夫人、薛姨妈都认为麻烦，但凤姐说：

"并不多事。一样的分例，这里添了，那里减了。就便多费些事，小姑娘们冷风朔气的，别人还可，第一林妹妹如何禁得住？就连宝兄弟也禁不住，何况众位姑娘。"贾母道："正是这话了。上次我要说这话，我见你们的大事太多了，如今又添出这些事来……"

贾母向王夫人等说道："今儿我才说这话，素日我不说，一则怕逗了凤丫头的脸，二则众人不伏。今日你们都在这里，都是经过姑娌姑嫂的，还有他这样想的到的没有？"薛姨妈、李婶、尤氏等齐笑说："真个少有。别人不过是礼上面子情儿，实在他是真疼小叔子小姑子。就是老太太跟前，也是真孝顺。"

王熙凤细心入微的建议，得到王夫人的肯定，贾母也赞许有加，即使王熙凤可能带有迎合贾母心爱孙子孙女的私心，但出于同样的道理，王熙凤之所以能想得如此周到，无论怎么看，都离不开上体长辈下疼小辈的真情，因此大家才会众口一词地认定凤姐是"真疼小叔子小姑子"，是"真孝顺"。

后来，大观园办诗社，王熙凤拿出五十两银子，且不管这些银子从何而来，但切切实实地增添了大观园的氛围。一干姐妹生活在爱与美所构成的仙境之中，这里面少不了贾府当家人王熙凤的诸般呵护。

除了勤于照顾长辈、姐妹姑娌等这些亲人，王熙凤还疼顾下人。

第五十一回，袭人因母亲病重需要回家一趟，凤姐素知袭人省俭，便特别吩咐袭人回家前要来给她过目，结果袭人的装备过于素净，于是凤姐便将自己的毛大衣给袭人穿回娘家，还宽慰她说："等年下太太给作的时节我再作罢，只当你还我一样。"其实她是怕袭人心理有压力才这样说的。众人都懂，于是笑道：

"奶奶惯会说这话。成年家大手大脚的，替太太不知背地里赔垫了多少东西，真真的赔的是说不出来的，那里又和太太算去？偏这会子又说这小气话取笑儿。"凤姐儿笑道:"太太那里想得到这些?究竟这又不是正经事,再不照管,也是大家的体面。说不得我自己吃些亏,把众人打扮体统了,宁可我得个好名也罢了。一个一个像'烧糊了的卷子'似的,人先笑话我当家倒把人弄出个花子来。"众人听了,都叹说:"谁似奶奶这样圣明!在上体贴太太,在下又疼顾下人。"

按理,袭人出门回娘家,凤姐是可以睁一只眼闭一只眼就过去的,但是,凤姐在当家人的位置,就想着把家里上上下下的人都收拾风光了,才是大户人家的体面。

这件事情,更有意思的还在后面。平儿走去拿衣服,除了大红猩猩毡的一件给袭人,还自作主张地顺手多拿一件大红羽纱的,叫人给贫寒的邢大姑娘送去。因为:"昨儿那么大雪,人人都是有的,不是猩猩毡,就是羽缎羽纱的,十来件大红衣裳,映着大雪好不齐整!就只她穿着那件旧毡斗篷,越发显得拱肩缩背,好不可怜见的。如今把这件给她罢。"

凤姐呢,居然只是笑道:

"我的东西,他私自就要给人。我一个还花不够,再添上你提着,更好了!"众人笑道:"这都是奶奶素日孝敬太太,疼爱下人。若是奶奶素日是小气的,只以东西为事,不顾下人的,姑娘那里还敢这样了。"

对于正儿八经的婆婆邢夫人,因其德行尴尬,王熙凤常常只得应付,但对于贫寒的、跟自己没有亲缘关系的、不刻意讨好、不妄自菲薄、活出自己的尊严的邢岫烟,王熙凤却爱怜有加,给予多方面的照顾。

总体而言,凤姐既有杀伐决断、历练老成的才干,也有敬上爱下的温情。当然,她也确实有令人闻风丧胆的霹雳手段,但往往原因复杂。我希望同学们要捧起书本,用心感受文字本身的内涵,多加思考,多做求证,不然"尽信书不如无书"。

【学习任务】

有人说："黛玉是微酸，宝钗是甘甜，凤姐和尤三姐就都是让人捏把汗的辣。"

结合《红楼梦》第二回贾雨村的"正邪二赋论"，并阅读小说第三回、第六回、第十二回、第十三回、第十五回、第二十回、第五十四回、第五十五回、第六十五回的内容，完成以下学习表达交流活动。

1. 请写下这些章节的回目。

2. 做阅读摘录和批注。并结合这些文本中的王熙凤的形象，谈谈你对人性的复杂性的看法。

要求：合理摘录文本中内容，并做分析，以证明自己的看法。可以仿照老师讲故事的方式。

3. 同学之间交流彼此的摘录、分析和看法，并记录你认为有启发性的见解。

钗黛异样美丽别样情

　　《红楼梦》中宝钗与黛玉这两个青春美丽女孩子若双峰对峙，二水分流，难分伯仲。但她们美得不一样，性情也大不相同。

　　一个鲜艳妩媚，另一个袅娜风流。一个博学多才，端庄大气；另一个诗才敏捷，出类拔萃。

　　第一眼已是截然不同。

　　黛玉是神态引人注目，"年貌虽小，其举止言谈不俗""却有一段自然风流态度"。在宝玉看来，则是"神仙般的妹妹"：

　　两弯似蹙非蹙罥烟眉，一双似泣非泣含露目。态生两靥之愁，娇袭一身之病。泪光点点，娇喘微微。闲静时如姣花照水，行动处似弱柳扶风。心较比干多一窍，病如西子胜三分。

　　清秀，灵俊，目光晶莹，气息绵软，如花似柳，聪敏轻盈，贾宝玉第一次见林黛玉，没留意她的衣裙钗袄，入眼入心的是林黛玉的气质，既展示了林黛玉非凡的品貌，也暗示二人的精神契合。林黛玉的美，说不出是眼睛、鼻子、脸庞，还是具体的哪里，但就是惹出了贾宝玉砸玉的呆气。那薛宝钗呢？第四回第一次描写宝钗的样子，"生得肌骨莹润，举止娴雅"。第五回写宝钗"品格端方，容貌丰美，人多谓黛玉所不及"。第八回写贾宝玉眼中的薛宝钗：

头上挽着漆黑油光的纂儿，蜜合色棉袄，玫瑰紫二色金银鼠比肩褂，葱黄绫棉裙，一色半新不旧，看去不觉奢华。唇不点而红，眉不画而翠，脸若银盆，眼如水杏。罕言寡语，人谓藏愚；安分随时，自云守拙。

这里写到一些具体部位的长相特征以及衣着情况，有一种想象得出的美。

两位美丽的姑娘，一个美得一般人说不出所以然，独宝玉能解读其独特风韵；另一个美得一府上下一致赞叹。

细比较则见性情迥异。

妹妹就是妹妹，娇俏敏慧，真实自然，感情热烈，任情任性里透着尖酸刻薄。宝姐姐呢，稳重平和，展洋大方，博学宏览，贞静贤淑里不乏圆滑世故。一个是文艺清新的少女风，一个是周全大体的君子风。这两种风格，一个更接近天然，一个富有后天修为。黛玉的这些特征，大部分是天赋呈现，薛宝钗展现的则是一种人格品德上的价值。因此我们发现一个有趣的现象，就是宝钗从出场到结尾，始终如一地成熟稳重，而黛玉，则有个明显的成长过程，正是在这个过程中，黛玉渐渐显示出她在人格品德方面的价值。初入贾府时，黛玉是"步步留心，时时在意"的，此时的黛玉是怀着"绝不能让人看笑话"的自尊心出现在众人面前，不算日常表现。从一些林黛玉和薛宝钗的日常表现，读者更能体会黛玉任性率真的本性，以及宝钗得体周到的教养。

第七回，周瑞家的送宫花，起点是宝钗处，终点是黛玉处。在宝钗处，她得到的是宝钗满面笑容，跟她聊家常，聊冷香丸，温馨自然中体现了宝钗待人接物的热心大方。到送花的最后一站黛玉处：

黛玉只就宝玉手中看了一看，便问道："还是单送我一个人的，还是别的姑娘们都有呢？"

得知都有之后，冷笑道："我就知道，别人不挑剩下的也不给我。"这个表现，既有黛玉骨子里的自尊、敏感，也有对不满的行为敢于说出口的任性。其他姑娘接受宫花时情态是各异的，但有一个共同点就是，无论谁都没有做挑选，基本都是丫头接过去就完事，惜春还不想要呢。林黛玉的不满也不是指向其他拿到宫花的姑娘，而是针对周瑞家的。周瑞家的送花之前呢，确实没有特意为林黛玉这位客人考虑。但是如果此事摊在薛宝钗那儿，就算真的是挑剩下的，薛宝钗也不会当面说破。你看，林黛玉当面说出来，既让大家都尴尬又于事无补，白白得罪人。

第八回，林黛玉因为不会掩饰自己心中对宝玉的喜爱，醋意酸意泪泪流淌，有过多次言辞过激又化险为夷的对话。

第一处宝玉正闹着宝钗要吃冷香丸，此时黛玉摇摇的走了进来，语含讥讽："嗳哟，我来得不巧了！"这话说得很造次，有映射二宝正干些不太符合规矩礼仪的事情恰好被自己撞见之意。宝钗自然不愿意听了："这话怎么说？"黛玉笑道："早知他来，我就不来了。"这样的回答让人更加误会和着急，解释吧又犯不着，不解释吧，这欲加之罪，宝钗还是挺有涵养地继续问："我更不解这意。"但这个涵养背后也是很有机锋的，非得逼林黛玉说出不雅之揣测。这时候，林黛玉的聪明机警就发挥作用了："今儿他来了，明儿我再来，如此错开了来着，岂不天天有人来了？也不至于太冷落，也不至于太热闹了。"这解释得妥帖自然吧，她还得意地反问："姐姐如何不解这意？"第一着险棋平安落子。

第二处聊喝酒，宝钗跟宝玉说酒要温着喝的道理。对于宝玉的言听计从，黛玉又如鲠在喉了，后来借雪雁送手炉的机会，现编现出，表面说雪雁实际是把宝玉奚落了一番："也亏你倒听他的话。我平日和你说的，全当耳旁风。怎么他说了你就依，比圣旨还快呢！"林黛玉句句尖刺，却无一处粗词滥调，更没有河东狮吼的不雅之态，可恨可爱，可怜可俐。后面跟薛姨妈的对话，再次掀起黛玉随机应变的高潮。

面对这样含沙射影的林黛玉，宝钗什么态度呢？"素知黛玉如此惯了的，也不去睬他。"真是有涵养！这还不是黛玉讥讽的极致。从与李嬷嬷的一番对话，你可以看出林黛玉对待不同身份人的态度。再到刘姥姥进大观园时，林黛玉和薛宝钗的表现，不难发现二人在性情上的巨大差别。黛玉如此聪明，可说话为什么如此尖酸呢？很大程度上是因为她面对薛宝钗这个无比优秀的竞争对手内心很不安，但限于贵族礼教，又不能挑明了说，然而又无法克制，所以总是见机而讽，向贾宝玉表达不满。贾宝玉则次次在意次次哄，在争争吵吵中林黛玉确证自己在贾宝玉心中的地位，才算消气。

除了这个主要原因以外，林黛玉的尖刻，也有其他原因，有时候不过是因为伶牙俐齿的尖锐。例如，她和王熙凤有时就针锋相对，显示两个聪明人的思维与幽默感。再如，和李嬷嬷的一番对话，显示黛玉既可以急速前冲又总能借势转弯的思维速度，确实是"心较比干多一窍"。落得个听其奚落的人不能认真，也不忍认真，只是免不了感叹："真真这林姑娘，说出一句话来，比刀子还尖。""真真这个颦丫头的一张嘴，叫人恨又不是，喜欢又不是。"爱也不是，疼也不是。率真、聪颖、干净、自然、显露锋芒，这才是前期的林黛玉。

然而，有一天，林黛玉悄悄地变了，成长为与宝钗比肩的温婉孩子，你往后阅读，自然会发现这一点。薛宝钗是个怎样的孩子呢，请听下一个故事。

【学习任务】

在第七十回，众人推林黛玉当上了"桃花社"的"社主"，后来，黛玉精心准备，请众人到潇湘馆开诗社，主持活动、处理社务，与大家和乐共处。这与当初那个"孤高自许、目无下尘""本性懒与人共，原不肯多语"的林黛玉，有很大的不同。其实，林黛玉是在成长的，围绕这个话题，请完成以下两个学习任务。

　　1. 请阅读小说第四十二回、第四十五回，写下这两回的回目，并思考你对"兰"字含义的理解。

　　2. 欧丽娟教授曾经把钗黛的这段和解当作黛玉的成长仪式，即所谓的"成年礼"，这之后，林黛玉成熟了很多。请阅读小说第五十二回，分析林黛玉的言行举止，感受这种成长。

薛宝钗

作者：广东仲元中学高一（1）班吴琳

不语婷婷薛宝钗

不语，不说话；婷婷，姿态优雅。"不语婷婷日又昏"，是薛宝钗在第三十七回写的《咏白海棠花》的诗句，可谓宝钗自言己志吧。

当然，作为小说女主角之一，她不说话是不可能的。这里的不语，不是不说话，是不轻易、不随便说话。王熙凤在探春理家时评论家中各色人等，提到黛玉宝钗时说："一个是美人灯，风吹吹就坏了；一个是拿定了主意，'不干己事不张口，一问摇头三不知'。"确实，宝钗做人，"罕言寡语，人谓藏愚；安分随时，自云守拙"。

要充分认识宝钗的不轻易开口，得先看她开口说了什么。

欧丽娟教授认为，《红楼梦》里最好的一段话，就是第五十六回薛宝钗说的：

"学问中便是正事。此刻于小事上用学问一提，那小事越发作高一层了。不拿学问提着，便都流入市俗去了。"

这确实是有眼光、大智慧的人才能说出来的话。"不畏浮云遮望眼，自缘身在最高层"，有学问的人，其胸襟、视野开阔，其认识力和判断力更精准灵透。有学问提着，因而以小观大，"作高一层"，能看到一个真正宏大的美丽的世界。宝钗自己就是用学问提着，把小事"作高一层"的人。这"作高一层"表现在哪些方面呢？

饱读诗书，援引自如。

继续看第五十六回，探春、李纨和宝钗三人议论家务，探春分析贾府发放月钱重叠之事的弊端，提到赖大家花园承包管理还有盈利的经营方式，认识到物尽其用的管家方式，足见探春分析、综合、解决问题的素质之高。宝钗却能更高一层，顺口提到朱熹的《不自弃文》，讲的是凡天下之物，均有其物性，只要该物有一点可取之处，便不会被世间丢弃。草木灰可做洗涤，龟壳可做占卜，鹅羽可以御寒，连污秽之粪便亦可施肥发酵利于田土。再看后面谈到怎样分管园子之事时，探春问宝钗对那群婆子自告奋勇要做承包人的看法，宝钗笑答道："幸于始者怠于终，缮其辞者嗜其利。"何等精简透辟又犀利，这样的言辞，"聪敏人"探春一听秒懂，马上放弃了按婆子们口头陈述决定人选的策略，遂拿出名册，一起商讨斟酌管事人名单。

试想宝钗，若不是被推上管家助理这个席位，估计她是事不关己绝不开口的了。而一旦轮到她非说话不可时，她说出来的内容，则常常引经据典，合景合理合情。

第五十六回的回目叫"敏探春兴利除宿弊　时宝钗小惠全大体"，"敏探春"，这个好理解。"时宝钗"的"时"，什么意思呢？"时"就是指随机应变，因时制宜，对每一种情况都处理得恰如其分，这是为人处世的大智慧，在这种大智慧里，随时可窥见宝钗阅读的轨迹。

其实，宝钗第一次出场，就因读书而引人注目了。在第四回，由门子说薛蟠案情给贾雨村时提及宝钗，"生得肌骨莹润，举止娴雅。当日有他父亲在日，酷爱此女，令其读书识字，较之乃兄竟高过十倍。自父亲死后，见哥哥不能体贴母怀，他便不以书字为事，只留心针黹家计等事，好为母亲分忧解劳"，完全是一个美丽娴静，知书达礼，勇于担当的贵族小姐。

　　宝钗的阅读面，令宝玉叹服不已，其知书而达理的程度，令读者拍案叫绝。她连戏文都能熟稔于心。第二十二回，写荣国府为宝钗举办15岁的生日宴，请戏班子演出，贾母让宝钗点演出的剧目。宝钗点了一出《鲁智深醉闹五台山》，引起贾宝玉的误会，认为是为讨老太太喜欢。结果宝钗把这戏"排场又好，词藻更妙"的事实精准地表达出来，并将"词藻"中的《寄生草》一词顺口念道：

　　漫揾英雄泪，相离处士家。谢慈悲剃度在莲台下。没缘法转眼分离乍。赤条条来去无牵挂。那里讨烟蓑雨笠卷单行？一任俺芒鞋破钵随缘化！

　　这记性，这功底，连戏文里的词都能脱口而出。"宝玉听了，喜的拍膝画圈，称赏不已，又赞宝钗无书不知。"在那个世人都只知看戏，却不关心戏文歌词的背景下，宝钗独能读出《鲁智深醉闹五台山》词中的苍凉，见其鉴赏品位之高的同时，也可看出宝钗"罕言寡语，安分随时"的娴静气度，不争不夸，"人不知而不愠"。

　　宝钗谈的是书，显出的都是理，她为体贴贾母的心意点了热闹戏，被贾宝玉嫌弃之后，又给他拓展开来，细讲理由，还谈那词中"赤条条来去无牵挂"的空寂幻灭之美，惹得宝玉似乎中了邪，自以为"悟禅机"了。后来为了开解他，宝钗又拿出六祖慧能的诗偈，所谓的"本来无一物，何处惹尘埃"来解说。

　　从朱子到慧能，从儒家到佛学，宝钗都有接触，既满足他人喜好，又自得其乐，一边积极入世担当责任，一边欣赏出世情怀，了解存在的空虚，在空无的智慧里开阔自己，使自己不至于陷入世俗的拘囿。

　　除了能看透，能表达清楚，能做出妥当的回应，薛宝钗读过的书，还成了她推心置腹赢得林黛玉信任的绝佳道具。

　　第四十回，刘姥姥游大观园时，大家饮酒行令，林黛玉行令时用到"良辰美景奈何天""纱窗也没有红娘报"这些《牡丹亭》《西厢记》的曲文，被宝钗注意到了，当场看了她一眼，但并没有说破。到第四十二回，宝钗特此来找黛玉，告诉她这种行为的不恰当，宝钗笑道：

"好个千金小姐！好个不出闺门的女孩儿！满嘴说的是什么？你只实说便罢。"黛玉不解，问：

"我何曾说什么？你不过要捏我的错儿罢了。你倒说出来我听听。"宝钗笑道："你还装憨儿。昨儿行酒令你说的是什么？我竟不知那里来的。"

黛玉一想，方想起来昨儿失于检点，那《牡丹亭》《西厢记》说了两句，不觉红了脸，便上来搂着宝钗，笑道："好姐姐，原是我不知道随口说的。你教给我，再不说了。"

宝钗的语言里，对黛玉定位非常清晰——"千金小姐""不出闺门的女孩儿"。黛玉意识到宝钗说什么后的反应是："羞得满脸飞红，满口央告。"这样看来，阅读《牡丹亭》《西厢记》的行为，在他们生活的环境中，是有辱小姐名节的大事。简单来说，大家闺秀，读书不宜，读这类才子佳人私情私奔的书，那更是失于检点。正如宝钗所言："你我只该做些针黹纺织的事才是，偏又认得了字，既认得了字，不过拣那正经的看也罢了，最怕见了些杂书，移了性情，就不可救了。"

可能有的同学会以为薛宝钗小题大做、满口道貌岸然，但是，林黛玉的反应，说明她非常清楚地知道自己的行为是犯大忌的，她完全认可宝钗的说法，她俩的价值观是完全一致的。后来，黛玉还对宝钗表示感谢：

"从前日你说看杂书不好，又劝我那些好话，竟大感激你。往日竟是我错了，实在误到如今。细细算来，我母亲去世的早，又无姊妹兄弟，我长了今年十五岁，竟没一个人像你前日的话教导我。"

　　"看杂书不好""误到如今""教导我"，这些话语，可以看出这个聪慧任性、伶牙俐齿还口不饶人的林黛玉，是多么认可宝钗的劝箴之言。这其实是贵族大家族的共同认识：儿女情长是很羞耻的，男女私授是大逆不道的，婚姻大事要遵从父母之命、媒妁之言的……

　　从这个故事开始，林黛玉长大了。黛玉本来是个很聪慧、很正派的女孩子，也具有自我反省的能力，只是她在贾府拥有"宠儿"的地位，面对她的缺点大家基本是"不肯说"或"不敢说"，常常一味地体谅、包容她，才导致了她的放纵任性，冲撞了人也不放在心上。这次，她得到宝钗的真心规劝，几乎是一瞬间就成熟了，简直脱胎换骨。第四十二回的回目叫"蘅芜君兰言解疑癖"，"癖"，在这之前，林黛玉确实怀疑成癖，而第四十五回"金兰契互剖金兰语"，她被宝钗醍醐灌顶，"兰"，蕙质兰心，芬芳美丽，也是宝钗对黛玉的教导，催化了黛玉飞跃成长。读者可以继续阅读后面，看黛玉当桃花社社长，看她教香菱学诗，看她和宝钗、邢岫烟等和乐融融聊天，看她认薛姨妈做妈，看她"明白体下"。可以说，薛宝钗用她的学识、温婉、机智，为聪敏、孤傲的林黛玉开启了成人礼。在那秋窗风雨的夜晚，"在枕上感念宝钗""又想宝玉虽素习和睦，终有嫌隙"，黛玉认识到宝钗比宝玉的意义更大。

　　正如脂砚斋评所说："宝卿待人接物，不亲不疏，不远不近。可厌之人，亦未见冷淡之态形诸声色；可喜之人亦未见醴密之情形诸声色。"

　　"珍重芳姿昼掩门""冰雪招来露砌魂""淡极始知花更艳""不语婷婷日又昏"。如冰雪般的薛宝钗，晶莹剔透，冷静清晰，不轻易开口，开口如"月明林下美人来"。

【学习任务】

薛宝钗说："学问中便是正事。此刻于小事上用学问一提，那小事越发作高一层了。不拿学问提着，便都流入市俗去了。"

请仔细琢磨这句话的含义，完成以下学习任务。

1. 细读第四十二回，关注薛宝钗对林黛玉玩笑的评论、对惜春绘画的评析、对宝玉行为的嗔怪，以及最后对置办材料的安排，试分析薛宝钗是怎样把事情做高了一层的？

2. 请阅读小说第八回、第三十七回、第三十八回，记录这三回的回目，做读书摘录。并根据小说内容，以"我所认识的薛宝钗"为题，写一篇发言稿。

聊天达人王熙凤

【教师解析】

总体来说，王熙凤对贾瑞是"毒设相思局"。

① 贾瑞邪念在先，王熙凤作为有名的"泼皮破落户"，就打算让贾瑞吃点苦头，受个教训。

② 贾瑞几次三番往王熙凤家里跑，凤姐发狠"他如果如此，几时叫他死在我的手里，他才知道我的手段！"但其实她并没有想要贾瑞的命，还是想令他改过的。

③ 凤姐因见他自投罗网，少不得再寻别计令他知改，计谋又在升级，最终导致贾瑞狼狈不已。

凤姐虽然狠辣，"毒设相思局"，但整个过程主要还是贾瑞自作孽不可活，贾瑞之死也不全是因为王熙凤。

王熙凤对尤二姐是"借刀杀人"。

① 王熙凤对尤二姐的手段更毒。她表面装贤良，背地里却命丫鬟不善待尤二姐。又挑拨秋桐，借刀杀人，利用秋桐对付尤二姐。结果尤二姐不堪忍受辱骂折磨，吞金自杀。

② 贾琏又将自己积年所有的梯己，一并搬了与二姐收着，又将凤姐素日之为人行事，枕边衾内尽情告诉了他，只等一死，便接他进去。

这动了王熙凤的根本利益。

③ 贾琏的偷娶行为已经令王熙凤妒火中烧，尤二姐又一再挑战王熙凤的底线，王熙凤势必要除之而后快。

贾瑞、尤二姐之死，虽都与王熙凤有关，但有所不同。王熙凤给了贾瑞改过的机会，但他自己执迷不悟。而尤二姐抢她的丈夫，威胁她的地位，挑战她的权威，王熙凤深思熟虑地设计对付她。

裙钗可齐家

【教师解析】

1. 第三回　托内兄如海荐西宾 接外孙贾母惜孤女

第六回　贾宝玉初试云雨情 刘姥姥一进荣国府

第十二回　王熙凤毒设相思局 贾天祥正照风月鉴

第十三回　秦可卿死封龙禁尉 王熙凤协理宁国府

第十五回　王熙凤弄权铁槛寺 秦鲸卿得趣馒头庵

第二十回　王熙凤正言弹妒意 林黛玉俏语谑娇音

第五十四回　史太君破陈腐旧套 王熙凤效戏彩斑衣

第五十五回　辱亲女愚妾争闲气 欺幼主刁奴蓄险心

第六十五回　贾二舍偷娶尤二姨 尤三姐思嫁柳二郎

2. 通过他人评价感知王熙凤的多面性。

第六回，冷子兴的岳母周瑞家的说，"但只一件，姥姥有所不知，我们这里又比不得五年前了。如今太太竟不大管事，都是琏二奶奶当家。你道这琏二奶奶是谁？就是太太的内侄女，当日大舅爷的女儿，小名凤哥的。"这里介绍了荣国府当前的这个女管家是前任总管的内侄女，大家看到这里首先疑惑这个女管家的工作能力，毕竟单纯靠裙带关系上台的人也多，未必有真才实学。周嫂子大概也知道别人有这个疑问，于是接着说"这位凤姑娘年纪虽小，行事却比世人都大呢。如今出挑的美人一样的模样儿，少说些有一万个心眼子。再要赌口齿，十个会说话的男人也说他不过。回来你见了就信了。"这主要是体现王熙凤能干的一面。

第六十五回，兴儿对尤二姐说："我告诉奶奶，一辈子别见她才好。嘴甜心苦，两面三刀；上头一脸笑，脚下使绊子；明是一盆火，暗是一把刀：都占全了。"这是王熙凤做人狠毒的一面！

读完这些内容，可以看出王熙凤确实是个非常复杂的人物形象，她强悍，有能力，霸道，精于算计，妒忌心强，办事爽利。表现如此抢眼的王熙凤，是以自己的实力做后盾的。虽然她识字不多，但她分析问题、解决问题的能力高超。

曹雪芹用"聪明累"三个字，凝练地点出王熙凤这个角色的核心特点及最终命运。她在运用聪明掌管全局、算计他人的同时，自己也受累不浅，最终心力交瘁，累出大病血山崩，并因此而丧命。

聪明易被聪明误，聪明人要懂得藏愚守拙，把聪明用于正道，该糊涂时要糊涂，才不会为聪明所累。其实，聪明、勤勉、豁达是好的。愚笨、朴实、憨厚，也没什么不好。人性，不是一个模型，是环境、岁月、经历等合奏出的一首歌，不同的人会听出不同的味道。

3. 略。

钗黛异样美丽别样情

【教师解析】

1. 第四十二回　蘅芜君兰言解疑癖　潇湘子雅谑补余香

第四十五回　金兰契互剖金兰语 风雨夕闷制风雨词

这两个回目里都有一个"兰"字。"兰"，寓意清新、芬芳。在文中既指薛宝钗对黛玉关心和教导的话语，也指钗黛二人之间剖白彼此心思的行为所绽放出的美好与温馨，同时表达作者对钗黛两个女孩间温暖情谊的喜爱。但这些"兰言"，对于林黛玉的意义，远远大于对于薛宝钗的意义，是黛玉人生成长的分水岭，正是经历这番言辞剖白，林黛玉才认识到被人关心、被人教导是件多么温馨美好的事情，才意识到自己花那么多时间猜疑薛宝钗，做了多少无谓的精神内耗，同时有薛宝钗作为人生知己是多么温暖的感受。从此以后的林黛玉，变得不那么任性、不那么尖刻、不那么情绪化了。而薛宝钗还是那个宝姐姐。

2. 宝玉往潇湘馆来，见到宝钗、宝琴，还有邢岫烟、林黛玉，四位美丽的姑娘构成一幅"冬闺集艳图"，光是这一幅图，足以体现林黛玉社交状态的其乐融融了。所谓主雅客常来。室内摆设也是精致清雅，攒三聚五栽着一盆单瓣水仙，点着宣石。一改以往"喜散不喜聚"的风格。

宝玉提议要咏水仙蜡梅，黛玉的反应是"再不作诗了"，还双手握脸，没的怪羞的。当初元妃省亲时，想大展诗才以压倒众人的求强好胜之心已然变得谦虚实在了。

后来，大家散了，剩下宝玉在恋恋不舍，正在和林黛玉说悄悄话，这时赵姨娘进来看黛玉并问候病情，林黛玉明知道她不过是顺路给个顺水人情，但她依旧非常客气地领情，并热情招待。这和以往的"目无下尘"截然不同。

不语婷婷薛宝钗

【教师解析】

1.①对林黛玉的笑话，薛宝钗将其和凤姐做对比，凤姐会说话，这是公认的，但不认得字，一概是市俗取笑。而林黛玉因为饱读诗书，则是"春秋"的法子，精简形象，一语中的。足见宝钗见识高明，点评高妙。

②对惜春绘画的评析，先是准确判断惜春的画工，在详论绘画之难处，既胸中有数，又具体详细，条理清晰，娓娓道来，极见功夫。最后合理安排惜春的假期，同时派上宝玉协助，在理在情。

③对贾宝玉的急切又热心的行为，薛宝钗戏称其为无事忙，对其用"雪浪纸"的建议，薛宝钗也是给予专业的绘画常识教导。足见宝钗学识真是博学旁收，句句在理，富有学问。

④对于那么大的绘画工程的材料置办，薛宝钗是如数家珍，娓娓道来，各种型号各种用途的笔就列出了十三种，最后连"生姜"和"酱"这两样用来抹颜料碟子的物品，她都能想到，真是事无巨细，了然于胸，不得不佩服其能力之强。

总体来说，曹雪芹摹写富贵，至于家人女子无不装点，论诗书，讲画法，皆尽其妙，何等惊人。

2.回目：

第八回　贾宝玉奇缘识金锁　薛宝钗巧合认通灵

第三十七回　秋爽斋偶结海棠社　蘅芜苑夜拟菊花题

第三十八回　林潇湘魁夺菊花诗　薛蘅芜讽和螃蟹咏

其余略。

第四章

品味日常生活细节
表现的丰富内涵

　　《红楼梦》的情节非大起大落，所写场景也非气势恢宏，内容基本为"家庭闺阁琐事""诗才闲文"，这些正是贵族真实的日常生活，也是其情趣所在。

　　文本中描写的生活细节，或是眼神动作，或是语气神态，或是环境点染，慢慢读，细细品，饶有趣味，从中能发现微妙的人物心理，多味的人情世故，隐藏较深的主题，还有多样的艺术手法，等等。总而言之，书中平常的细节，蕴含不平常的意味。

　　让我们做一名细心的读者，在小细节里看到大的艺术世界。下面这些故事中展示的生活小细节，都蕴含着怎样的大意味呢？

小细节里的儿女情

《红楼梦》在日常细节里蕴藏无尽的儿女情韵。

不写出双入对，不写卿卿我我，只一个动作，一次粗口，一个眼神，便胜却海誓山盟无数。

先看第十九回，宝黛二人争一个枕头：

黛玉见是宝玉，因说道："你且出去逛逛，我前儿闹了一夜，今儿还没有歇过来，浑身酸疼。"宝玉道："酸疼事小，睡出来的病大。我替你解闷儿，混过困去就好了。"黛玉只合着眼，说道："我不困，只略歇歇儿，你且别处去闹会子再来。"宝玉推他道："我往那里去呢，见了别人就怪腻的。"

宝玉这句顺口而出的真心话，可甜了。黛玉听了就忍不住"嗤"的一声笑了，吩咐宝玉去老老实实坐着说话。但宝玉要求和黛玉一起歪着聊，得到同意后，就来了个很危险的请求：

宝玉道："没有枕头，咱们在一个枕头上。"黛玉道："放屁！外面不是枕头？拿一个来枕着。"

宝玉的要求已经接近耳鬓厮磨、同床共枕的色欲边缘，黛玉立马骂了粗口，在贾府里，主人很少骂粗口，黛玉更少骂粗口。这说明什么呢？虽然面对宝玉的过分要求，但林黛玉一点儿也不紧张，而是放肆骂粗口，这样的放肆里存着的其实不是粗鲁，而是安全感。宝玉一听黛玉骂他，乖乖就走到外屋去找枕头。他只看了一眼又回来了，说不要那个不知是哪个脏婆子的枕头。后来还是黛玉把自己的枕头给了宝玉，自己去拿了另一个使用。这样一个争枕头的日常细节，把宝黛二人之间的打情骂俏写得细腻、纯洁，又缠缠绵绵，可谓"一言以蔽之""思无邪"。

再看第四十二回：

宝玉和黛玉使个眼色儿，黛玉会意，便走至里间将镜袱揭起，照了一照，只见两鬓略松了些，忙开了李纨的妆奁，拿出抿子来，对镜抿了两抿，仍旧收拾好了，方出来。

本来是大家就惜春画园子的事商议，因黛玉取笑，把一帮人乐坏了，湘云还笑得歪倒在地，这样热闹的氛围中，宝玉只是使了个眼色，黛玉就能意识到是自己的头发出了状况，这等心照不宣是爱人之间特有的心灵感应，令读者怦然心动。非风月笔墨，非情诗艳赋，只一个眼色，胜出多少传奇。

不写妻贤妾顺的围炉煮茶，不写男外女内的操持，只一绺青丝，就掀起一仆二主间周旋的灵俏。

第二十一回，俏平儿软语救贾琏。

这回写到王熙凤女儿出天花，贾琏夫妻俩隔房十五天，贾琏只得搬出外书房来斋戒。这一隔开，就生出许多事来。贾琏和多浑虫的妻子相会，还海誓山盟的，最后多姑娘送了一绺头发给贾琏。待回家平儿收拾贾琏在外的衣服铺盖时，这一绺头发就从枕套中被抖出来。

平儿会意，忙捩在袖内。

就是这个小细节，由平儿接下来的行为可知，这个动作里隐藏着当机立断的角色意识：

便走至这边房内来，拿出头发来，向贾琏笑道："这是什么？"

试想此时平儿模样，笑，笑的是自己主子其实也是自己男人的不雅之事，脂砚斋批语："好看之极！"确实好看啊，尤其是在贾琏眼里，娇俏可爱，还带些青春侍妾的娇态可掬。试想，平儿如果把这一绺头发拿给王熙凤会是什么结果呢？按王熙凤吃醋的级别，最起码他们夫妻是要闹一场的。平儿对王熙凤可谓赤胆忠心，可为什么平儿对这件事"好意瞒着他来问"贾琏呢？仔细想来便知平儿的机警、聪明和俏皮，以及在二位不太和谐的主人间寻求平衡的智慧。接下来的细节更充分证明这点。在平儿贾琏争抢那绺头发时，王熙凤进来找样子，平儿巧妙地帮贾琏过了关。之后王熙凤出去，接下来又出现一个像走钢丝般的险境：

平儿指着鼻子，晃着头笑道："这件事怎么回谢我呢？"

娇俏可爱吧！

喜的个贾琏身痒难挠，"心肝肠肉"乱叫乱谢。平儿仍拿了头发笑道："这是我一生的把柄了。好就好，不好就抖露出这事来。"贾琏笑道："你只好生收着罢，千万别叫他知道。"口里说着，瞅他不防备，便抢了过来。

平儿娇俏玲珑，可贾琏呢，恶俗吧，到后面更是丑态必现，看下文：

贾琏见他娇俏动情，便搂着求欢，被平儿夺手跑了，急的贾琏弯着腰恨道："死促狭小淫妇！一定浪上人的火来，他又跑了。"平儿在窗外笑道："我浪我的，谁叫你动火了？难道图你受用一回，叫他知道了，又不待见我。"

聪敏的平儿并没有一路跑到院子外面，而是隔着窗子和贾琏继续聊，借机告诉了贾琏，不服侍主人，并不是因为憎恨或厌恶贾琏，只不过是顾忌凤姐，在不影响主子夫妻关系的情况下，她是一定会帮贾琏的，如藏起头发，不让凤姐知道。就在这一来二去的日常生活对话里，可以看出平儿始终能稳住自己不触碰凤姐的核心利益。凤姐的核心利益无非两个：银子，贾琏。

这个故事的结尾是平儿将贾琏、凤姐都降伏了。曹雪芹用足了细节，淋漓尽致地表现出在贾琏之淫与凤姐之威中行走的平儿的聪颖活泼，真是"好看煞"！所谓"俗子妒妇浑可笑"，险走钢丝得平衡。

不写母慈子孝，不写日服夜侍，只是节日猜猜谜语的戏谑，就写足高龄母子之间的顽童心性。

第二十二回，写一大家人聚会。贾宝玉、史湘云、王熙凤等平时聚会时的话痨们都不见家常取乐，反见拘束不乐。贾母知道这是贾政在场的缘故，所以酒过三巡后，便撵贾政去歇息。这就给了贾政一个在母亲面前撒娇的机会：

贾政忙陪笑道："今日原听见老太太这里大设春灯雅谜，故也备了彩礼酒席，特来入会。何疼孙子孙女之心，便不略赐以儿子半点？"

贾政这个封建正统文化的代表者，对忠孝文化是恪守谨遵的，因而，他对母亲撵走自己并没有言听计从，而是向老母亲撒娇讨爱。结果贾母也是笑道，给了个谜语让儿子猜，并说：

"你要猜谜时，我便说一个你猜，猜不着是要罚的。"贾政忙笑道："自然要罚。若猜着了，也是要领赏的。"贾母道："这个自然。"

这对高龄母子，谁也不缺赏或罚，然而，玩起来还是孩子般心性。猜谜语的小细节，也能看出贾政在母亲面前的乖巧孝顺，贾母给出谜面之后，其实他是一猜就着了，主要是"猴子身轻站树梢"中的"站树梢"指向很清楚，"立枝"嘛，所以水果就是"荔枝"，但是看看贾政的反应：

贾政已知是荔枝，便故意乱猜别的，罚了许多东西，然后方猜着，也得了贾母的东西。

　　还有更有意思的代际关系场面，贾政出了个谜语给贾母猜，这是个包含贾政作为封建大家族家长诸多心思的谜面：

　　身自端方，体自坚硬。虽不能言，有言必应。

　　这个谜面体现的格局大气端方，彰显了贾府祖宗们的品性修为，第三回林如海向贾雨村介绍贾政时说，其为人谦恭厚道，大有祖父遗风，非膏粱轻薄仕宦之流。这些联系起来看，贾政确实是继承祖辈风范、最努力的现任家长。但在贾母面前，他又成了一个贴心的儿子，虽然有封建文化的忠孝成分，但是细节里确实是承欢膝下的儿女情长。你看，贾政担心贾母猜不出这个口头念出来的、文字偏多的、对于贾母来说也稍显不熟悉的谜语，就马上悄悄地将答案说与宝玉，宝玉也是秒懂，即刻又悄悄地告诉了贾母。贾母听了答案，并没有立刻说出来，而是"想了想"，果然不差，才说"是砚台"三个字。之后，贾政顺利送出自己准备的"贺彩"，很多，大盘小盘一齐捧上，贾母逐件看去，都是灯节下所用之物，很是高兴。于是贾政被贾母留着，宝玉、迎春为其斟酒，之后继续猜谜。贾政用自己温暖的一面，换得一个与母亲、孩子们共享天伦之乐的机会。

　　如此温馨的小情侣，如此娇俏聪明的小妾，如此高龄的母子深情，都是通过小细节轻轻缓缓又明明白白地传递给读者的。

　　【学习任务】

　　1. 其他著作中也有写恋人的细节，把你喜欢的那些细节摘录出来，与《红楼梦》写宝黛二人的恋爱细节做对比鉴赏。

　　2. 熟读《红楼梦》第二十一回、第二十五回，关注袭人娇嗔宝玉、宝玉闻黛玉袖子里香气的细节，分析这些细节的意蕴。

小细节里的大规矩

　　《红楼梦》并没有板起脸来说礼仪、讲家法，却在细节里自然流淌着各种礼仪规矩。

　　这些礼仪规矩涉及古代生活的方方面面，上到君臣礼仪，下到日常行为，文本没有刻意陈述礼仪规范的内容，却在人物的言行举止中，处处体现着君臣父子、官场交接、婚丧嫁娶、主仆闺媛等各种层面的礼仪规范。

　　先看君臣礼仪。第十八回，元妃省亲，自贾府一家准备接驾的过程中，自然而然地嵌入君臣礼仪规范。省亲日期是正月十五，在正月初八日，就有太监开始各种礼仪规划了：

　　何处更衣，何处燕坐，何处受礼，何处开宴，何处退息。又有巡察地方总理关防太监等，带了许多小太监出来，各处关防，挡围幕，指示贾宅人员何处退，何处跪，何处进膳，何处启事，种种仪注不一。外面又有工部官员并五城兵备道打扫街道，撵逐闲人。

　　这些琐细的准备工作，若不留心品味，很可能被读者认为索然无味而略过。若是细细品味，那就亏得作者见多识广，才把皇妃省亲的皇家风范，规矩排场，起坐礼仪，叙述得可见可叹，见处所，见路况，见起止，叹周全，叹威仪，叹皇权高不可攀，叹高处风光却半步不能多迈。

如此讲究，彰显的是等级的威严，这也提醒广大读者思考封建制度不合时宜的腐朽与糟粕。元春，贾府的女儿，皇帝的妃子，尚未驾到，已然威仪贾府。

到了元宵节这一天，贾府，自贾母等有爵者，一大早就都按品服大妆收拾好，准备迎驾。元妃呢？用太监的话就是"早多着呢"，之后顺势借太监之口，让读者见识元宵节时的皇宫礼仪：

未初刻用过晚膳，未正二刻还到宝灵宫拜佛，酉初刻进大明宫领宴看灯方请旨，只怕戌初才起身呢。

元妃的行程，按皇宫安排，1：15用过晚膳，2：30到宝灵宫拜佛，5：15到大明宫用宴看灯，然后请旨，估计要晚上7：00左右才动身往贾府来。妥妥的皇家规矩，一丝不乱。贾府至十四日起，已是一夜上下通宵不曾睡，包括高龄的贾母。贾府一众人以贾母为首，早上四五点就妆扮好开始等了。大冬天的，元春作为多年未归的贾家女儿，好不容易有个回家的机会，为什么不能早早地出门呢？虽然她是皇帝的妃子，但皇帝的妃子何其多，贾府归省的女儿却只有一个，元妃长期在宫中，只有这天才有机会回家省亲。按我们现代社会寻常儿女的角度，让元妃早早回家共享天伦之乐，皇宫也不损失什么。为什么不呢？因为这里讲的，可不是人情，是先君后臣的君臣礼仪，是封建文化的典章制度。

再看家庭礼仪。第五十二回，写到宝玉前往舅舅家拜生日，骑着马，吩咐随从说：

"周哥，钱哥，咱们打这角门走罢，省得到了老爷的书房门口又下来。"周瑞侧身笑道："老爷不在家，书房天天锁着的，爷可以不用下来罢了。"宝玉笑道："虽锁着，也要下来的。"钱启、李贵等都笑道："爷说的是。便托懒不下来，倘或遇见赖大爷、林二爷，虽不好说爷，也劝两句。有的不是，都派在我们身上，又说我们不教爷礼了。"

周瑞、钱启便一直出角门来。

宝玉跟父亲之间的亲子关系，谈不上多和乐融洽，但礼数分毫不差。这一细节，充分体现了父子之礼，即使父亲不在房内，经过其书房也得下马以示恭敬，丝毫马虎不得，这是对父亲尊重最基本的表现形式。这个日常的细微言行里，包含的信息量是很大的。首先，贾宝玉作为大家族的贵公子，礼法规矩在他那儿，就像吃饭穿衣一样，自然而然，骨子里流露出对本阶层文化的认同，君臣父子，毫不马虎。同时，这也是儒家文化书香诗礼的一种外在体现。《礼记》里有句话说："有父在侧礼然。"孔子曰："畏天命，畏大人，畏圣人之言。"此外，还写了仆人、管家对礼仪规矩的认识，钱启、李贵等人担心贾宝玉懒得下马被大管家发现，自己也免不了受拖累，这从侧面说明贾府的大管家们也是谨守父子礼仪的。在女娲炼石补天神话中的顽石要下凡到钟鸣鼎食之家、诗礼簪缨之族，即贾宝玉出生在贾府这个诗礼簪缨之族，对礼教的认识与执行自然也非比寻常。对规矩礼仪的认识，都蕴藏在生活的微小细节里，任读者细细咀嚼，满口生香。

除了父子礼仪，还有很多生活细节体现的是兄弟姐妹之间、嫡庶姑嫂之间、长幼尊卑等的礼仪。

第二十三回，在贾宝玉和姐妹们搬到大观园之前，被贾政叫去，待贾宝玉蹭到这边：

赵姨娘打起帘子，宝玉躬身进去。只见贾政和王夫人对面坐在炕上说话，地下一溜椅子，迎春、探春、惜春、贾环四个人都坐在那里。一见他进来，惟有探春和惜春、贾环站了起来。

赵姨娘，是父亲的妾，按理是长辈，但是她为贾宝玉打起帘子让进，这就体现了妾只是半个主子的地位，在贾政和王夫人面前，妾连个座位都是没有的。而高高在上坐着的，是贾政和王夫人，下面一溜坐着的是孩子辈。为什么赵姨娘的儿子贾环却可以坐呢？在第二十回，王熙凤曾经骂赵姨娘："环兄弟小孩子家，一半点儿错了，你只教导他，说这些淡话作什么？凭他怎么去，还有太太老爷管他呢，就大口啐他！他现是主子，不好了，横竖有教导他的人，和你什么相干！"连自己亲生儿子也不如，这就是妾的地位。再看贾宝玉进去，迎春为什么没有站起来呢？因为她是姐姐，长者为大，等贾宝玉坐下，弟弟妹妹才可以坐下。就这么一个家人日常见面的细节，自然道出长幼尊卑秩序，这样的秩序规范人，也拘束了人，既有意义，也有扼制人性的弊端。

在贾府女眷里，王熙凤是响当当的女管家，实力、能力、精力，样样出色。但呈现给读者的在贾府的各种就餐、宴饮场景中，看到的基本都是王夫人、王熙凤、李纨等人在服侍贾母及贾府的姑娘小姐们吃饭。例如：

第三回，林黛玉进贾府的第一顿饭，传饭时，黛玉正在王夫人房内，但闻得"老太太那里传晚饭了"，正在千叮咛万嘱咐黛玉的王夫人，"忙"携了黛玉从后房门前往贾母处，丝毫也不耽误，王夫人往常是慢腾腾的，这会儿却急急忙忙的，是赶过去吃饭吗？不是，是赶过去行"侍膳之礼"，若是慢了，便是失职失礼了。

"贾珠之妻李氏捧饭，熙凤安箸，王夫人进羹。"

吃饭的是哪些人呢？贾母正面榻上坐着，黛玉是客人，坐了左边第一张椅子，贾母命王夫人坐下后，迎春姊妹三个告了座，方上来。

李、凤二人立于案旁布让。

第三十八回，写了螃蟹宴。

一齐进入亭子，献过茶，凤姐忙着搭桌子，要杯箸。上面一桌，贾母、薛姨妈、宝钗、黛玉、宝玉；东边一桌，史湘云、王夫人、迎、探、惜；西边靠门一桌，李纨和凤姐的，虚设坐位，二人皆不敢坐，只在贾母王夫人两桌上伺候……（凤姐）站在贾母跟前剥蟹肉，头次让薛姨妈。薛姨妈道："我自己掰着吃香甜，不用人让。"凤姐便奉与贾母。

　　这样的吃饭局面有很多我们今天不太理解的内容。为什么贾家的女儿都可以坐着吃饭？贾家的儿媳妇们都站着或只能虚设座位呢？是不是说贾府里女儿比媳妇地位高呢？这里面包含的规矩有点多。首先是长幼尊卑关系。贾母是贾府高高在上的长辈，在这样的饭局上，所有人的目的都相同——陪贾母吃饭，只是姑娘们陪吃，媳妇们陪侍，方式不同而已。其次是婆媳关系。王夫人、李纨、王熙凤，这些贾府的媳妇们，无论是家常便饭，还是家族大聚会，贾母的餐桌上，都没有她们的位置。这是不是意味着贾府很封建落后呢？那倒不是，相反地，这正显示了大家族的门庭家风很正，或者说，这正是一种有教养的体现。因为这里显示的是传承千年的规矩：儿媳妇不上公婆桌。一代代传承，服侍者心甘情愿，被服侍者心安理得。这种现象背后，更重要的是孝道文化的体现，孝顺公婆，"勤心养公姥"，这在男主外女主内的旧时代，是一家幸福和睦的决定性因素，是一种优良的文化传统。再次是姑嫂关系。三春及贾宝玉、林黛玉等孙辈可以和贾母同桌吃饭，长嫂们甚至长辈们在一旁伺候，双方都显得安然愉悦。其一，是贾母这位老祖宗疼爱孙辈，要求把贾宝玉和孙女们放在身边教养，这是特殊情况。其二，孙辈们是代替他们不在场的父母替长辈尽孝。另外，他们一旦婚配，那么格局又变了。贾宝玉会走出内宅，有正经的事做，有正经的人陪，宝玉的妻子则代替他伺候长辈。至于小姐们出阁后，就成了别人家的儿媳妇，开启媳妇熬成婆的轮回，但她们一旦回贾府，那便属于姑奶奶回娘家，可以堂而皇之地陪祖母、父母吃饭，还拥有很高的话语权。最后是王夫人，她在上面两场饭局里，一站一坐。站着，这个已经解释过了。为什么到螃蟹宴，王熙凤等媳妇依旧站着，但王夫人已经入座了？这主要是因为这顿螃蟹宴是史湘云请客，那大家都是客人，都是本次宴会的服务对象，连王熙凤和李纨都虚设了座位。不过，王夫人虽然坐了，但也没有同贾母同桌，所谓同坐不同座，彰显的依旧是严格的翁媳伦理次序。还有一个现象需要提及，就是薛姨妈，却可以和贾母同桌吃饭，王夫人作为她的姐姐，还要服侍她吃饭，这又是为什么呢？这也是贾府大家族烦琐礼仪的折射，薛姨妈在贾府是客人，以客为尊。但作为妹妹的薛姨妈，被姐姐服侍，又未免不敢承受，所以一般这时候李纨、王熙凤或贾宝玉等就会代劳，以免尴尬，所以螃蟹宴上，王熙凤"剥蟹肉，头次让薛姨妈"。

对于这些文化礼仪制度，越尊贵的人家，往往认识越深刻，践行越周到。所以，通过贾府大大小小的家宴，可以比较全面地把握古代的家庭伦理关系。贾府作为钟鸣鼎食的大家族，礼仪非常烦琐，但是书中好像从未因为烦琐而出现失误，只是通过无数小细节，彰显文化礼仪各种大规矩。

【学习任务】

1. 过生日，这是每个人都经历过的事情。请你回忆自己过生日时都有哪些仪式？

2. 阅读《红楼梦》第六十二回，品读贾宝玉过生日时的情形，思考其中包含哪些礼仪文化？

小细节里的高消耗

贾府是个庞大的经济体，除元春省亲、修建大观园、秦可卿出殡等大事件的庞大支出外，日常生活的奢华程度也是非同寻常，山珍野味按水牌轮流上桌，"御田胭脂米"等主食随需供应，皇家奢侈品——缂丝服装随处可见，私家园林里可坐船游玩……如此这般，吃穿用度，向世人展示着贾府的不同凡响。而这一切，在贾府是自然而然的小日常。

可以说，在贾府，每驻足一处，皆见繁奢。

先说洗脸这个小细节。第五十五回，探春洗脸：

此时探春因盘膝坐在矮板榻上，那捧盆的丫鬟走至跟前，便双膝跪下，高捧沐盆；那两个小丫鬟，也都在旁屈膝捧着巾帕并靸镜脂粉之饰。……（平儿）又接过一条大手巾来，将探春面前衣襟掩了。探春方伸手向面盆中盥沐。

捧盆的丫鬟，捧巾帕的丫鬟，捧靸镜脂粉的丫鬟，掩衣襟的侍书大丫鬟，此处由平儿替代。这里没有写出板榻、沐盆、巾帕、镜子、脂粉、大手巾这些洗脸之物的做工与规格。其实这么细小的物件，对于贾府而言，完全不必再提及其如何精致高贵。但书中也偶尔顺笔提及，如螃蟹宴后，凤姐顺口说出一种洗手液，命小丫头取"菊花叶儿、桂花蕊熏的绿豆面子来，预备着洗手"，"绿豆面子"主要以豆粉为原材料，配合其他药材（菊花、桂花花蕊等）精制（熏）而成，不仅能达到去污的目的，还能散发淡雅的香气，这款洗手液，高雅、环保、自然，纯手工、纯天然、无污染，只是无比费功夫。至于探春洗脸，未展示物件的品质与级别，作者想展示给读者看的是，这么细小的物件，每一份都需专人捧着服侍，这才是日常起居间藏着的满满的消耗。宝玉骑马去舅舅家，前、中、后各两名护马仆从，还有茗烟、伴鹤、锄药、扫红四个小厮，背着衣包，抱着坐褥。黛玉这些姑娘们，日常起居，"每人除自幼乳母外，另有四个教引嬷嬷，除贴身掌管钗钏盥沐两个丫鬟外，另有五六个洒扫房屋来回使役的小丫头"，五大八小。但在王夫人看来，还是亏待了姑娘们，贾府挥霍的程度，由此可见一斑。洗脸，够小的事件吧，优秀的作品就是这样，一粒沙子也可折射太阳的光辉。小说里多次写到洗脸，第二十一回宝玉洗脸，第四十四回平儿洗脸，第七十五回尤氏洗脸，每次洗脸，都能看到贾府非一般的讲究与排场。

再说丫鬟的出门。第五十一回，袭人回娘家，凤姐吩咐周瑞家的：

"再将跟着出门的媳妇传一个，你两个人，再带两个小丫头子，跟了袭人去。外头派四个有年纪跟车的。要一辆大车，你们带着坐；要一辆小车，给丫头们坐。"

袭人回娘家，随从就有八位，车有二辆。这规模排场，比一般有钱人家小姐还尊贵。不止于此，其穿着打扮，非得体与精益求精所能概括，应该是古今中外小说中丫鬟出门装备的天花板了吧。

凤姐儿又道："……叫他穿几件颜色好衣裳，大大的包一包袱衣裳拿着，包袱也要好好的，手炉也要拿好的。"

凤姐儿看袭人头上戴着几枝金钗珠钏，倒华丽；又看身上穿着桃红百子刻丝银鼠袄子，葱绿盘金彩绣锦裙，外面穿着青缎灰鼠褂。

凤姐儿一心想把袭人弄得风风光光出门，倒不是她多心疼这位丫鬟，她讲究的是排场，是好看，是老太太看着高兴，太太看着高兴，让袭人家里人为此自豪，也让袭人家上上下下、里里外外感受贾府的风光。也就是说，袭人出门，代表的是贾府，宰相门前七品官，贾府丫鬟出门也得摆个谱儿。而这谱摆得无比认真，袭人已经穿金戴银，华华丽丽了，袄子也是刻丝这种顶级工艺了，然而，王熙凤还嫌不够。

"但只这褂子太素了些，如今穿着也冷，你该穿一件大毛的。"

于是，凤姐儿把自己的一件大毛衣服，石青刻丝八团天马皮褂子拿出来，给袭人穿上。还嫌袭人包袱不高级，换成了自己的玉色丝绸里的哆罗呢包袱，还把自己的一件旧大红猩猩毡雪褂子叫年儿添到包袱里去。又吩咐袭人若要住下，就打发人给她送铺盖去，别使用别人家铺盖和梳头的家伙。这一番嘱咐下来，感觉袭人不是回娘家，而是替贾府出差。这样的安排，完全忽略了父母儿女之情。王熙凤为什么会这样做呢？首先应该是为了彰显地位、权势和财富，其次也有一个奢侈习惯的惯性滑动，还有就是王熙凤爱面子。但又不全因为此，按舒芜先生的说法：袭人这次回去的身份，已经是内定的宝二爷的"屋里人"了。这个另当别论。实际上，在如此讲究的背后，是贾府严重入不敷出的经济状况。

日常的洗脸，丫头的出门，已是如此讲究，那主人出门，会是怎样的排场呢？且看第二十九回，清虚观打醮。打醮当天，贾府门口"车辆纷纷，人马簇簇"，贾母是一乘八人大轿，薛姨妈、李纨、王熙凤每人一乘四人轿，宝钗和黛玉是一辆翠盖朱缨八宝车，迎春、探春、惜春是一辆朱轮华盖车，然后是各位主子们的丫头、老嬷嬷、奶娘并跟着出门的家人媳妇子，"乌压压的占了一街的车"。贾母的轿已经走了老远，门口的下人们还没上完车。

遇到特殊点的日子，那无论从时间上看还是从内容上看，都是挥霍的极致。在贾母生日、春节、元宵节等这些重要节日里，各种讲究、排场，三言两语根本讲不清，先挑那一场场奢华的灯光秀，来感受其顶级繁华。

在第十七回，元妃省亲，元宵节，这里有一场皇妃也禁不住感叹"过于奢华"的灯光秀，那是"诸灯上下争辉，真系玻璃世界，珠宝乾坤""园中香烟缭绕，花彩缤纷，处处灯光相映，时时细乐声喧，说不尽这太平景象、富贵风流"，大观园变成了"灯的海洋"，简直就是一场宏大的"灯展"。这时候的灯，数量、材质与款式，不仅丝毫不逊色于科技发达的今天的各类灯饰，还有更多精致的讲究。例如，大观园中的彩灯"皆系纱绫扎成，精致非常"，其制作的主料是软硬两种材质，"软"的是纱绫羽毛，"硬"的是玻璃贝壳。纱绫，这是一种高端丝绸制品，是普通老百姓可望而不可即的绫罗绸缎，在贾府硬是变成了一次性消费品。再如，悬挂在树枝上的造型灯，有花朵形状的、有叶子形状的、有果实形状的，造型各异。至于各类殿堂里的吊灯、座灯、壁灯，还有各类提灯、造型灯等，真是应有尽有，无奇不有。

这种灯秀辉煌并不只是在元妃省亲这种盛大场面才使用，这时候更多彰显的是户外"灯光秀"。即使没有省亲这样的大型高规格场面，在节日时，依然可从灯处窥见贾府富贵奢靡的气息。第五十三回，过春节，提到一对"联三聚五玻璃芙蓉彩穗灯"：

"两边大梁上，挂着一对联三聚五玻璃芙蓉彩穗灯。每一席前竖一柄漆干倒垂荷叶，叶上有烛信插着彩烛。这荷叶乃是錾珐琅的，活信可以扭转，如今皆将荷叶扭转向外，将灯影逼住全向外照，看戏分外真切。窗格门户一齐摘下，全挂彩穗各种宫灯。廊檐内外及两边游廊罩棚，将各色羊角、玻璃、戳纱、料丝，或绣、或画、或堆、或抠、或绢、或纸，诸灯挂满。"

显然，这里有一对高级的花灯，名字已经彰显其造型繁复，"联三聚五"，是一层层，一圈圈，即并非一盏孤立的灯，而是连接了三层，每层又有五个灯聚在一起。"玻璃"材质，玻璃是在明末清初之时才传入我国，一直是皇家贵族用品。第六回，贾蓉就曾经借用王熙凤的玻璃屏风以接待贵客。由此可知这一对灯的奢华和高级。不止于此，每一席前都有造型别致的"荷叶灯"，不仅是"錾珐琅"的，而且可以自由转动。还有那数不尽的不同材质、各种工艺的宫灯。显然，这是一场璀璨闪亮的室内"灯光秀"。

这里的每一款灯，都造价不菲，就拿出现频率较高的羊角灯来看。

所谓羊角灯，也叫明角灯，是用羊角加工后的材料做成灯罩的灯。清朝的《秦淮志》记载：羊角灯者，旧为金陵特产。用羊角煎熬成透明液，凝而压成片，谓之明瓦；制得灯罩，谓之羊角灯。这个记载道出羊角灯的产地，概括地叙述了制作工艺。但实际上，这个工艺过程非常复杂烦琐，"是选取优良的羊角，截为圆筒，然后放在开水锅里，和萝卜丝一起焖煮，待煮软后，用纺锤形楦子塞进去，用力地撑，使其整体变薄；如是反复地煮，反复地撑——每次换上鼓肚更宽的木楦，直到整个羊角变形为薄而透明的灯罩为止；这样制作的羊角灯罩的最鼓处直径常能达于一尺甚至更多，加上附件制为点蜡烛的灯笼，上面大书三寸见方的字，提着或挂在大门上面，当然都方便而得体"。这套繁复的工艺流程，导致羊角灯造价高昂，但因其具有半透明、透光性强、密闭而防火防风的特点，所以多为古代皇家宫中所用，一般还在上面写上宅邸主人姓名或官府官称。第十四回：

凤姐出至厅前，上了车，前面打了一对明角灯，大书"荣国府"三个大字，款款来至宁府。大门上门灯朗挂，两边一色戳灯照如白昼，白汪汪穿孝仆从两边侍立。请车至正门上，小厮等退去，众媳妇上来揭起车帘。凤姐下了车，一手扶着丰儿，两个媳妇执着手把灯罩，簇拥着凤姐进来。

在第七十五回的中秋节时，大观园的大门两旁也吊着羊角大灯。羊角灯的出现，在书里符合贾府的背景，在书外也合乎作者出身"江宁"的现实。

再看一款玻璃绣球灯：

玻璃绣球灯是黛玉送给宝玉用于雨天照路的灯，是一种比较高级贵重的灯，这种灯"又轻巧、又亮"，很珍贵。87版电视剧《红楼梦》中，从狱神庙失魂落魄地出来的宝玉，怀中抱着的就是黛玉的那只玻璃绣球灯。

第四十五回，写一个下雨的秋夜，贾宝玉提着羊角灯来潇湘馆看望林黛玉，临走的时候，林黛玉送了一个玻璃绣球灯给他：

黛玉笑道："这个天点灯笼？"宝玉道："不相干，是明瓦的，不怕雨。"黛玉听了，回手向书架上把个玻璃绣球灯拿了下来，命点一枝小蜡来，递与宝玉，道："这个又比那个亮，正是雨里点的。"宝玉道："我也有这么一个，怕他们失脚滑倒了打破了，所以没点来。"黛玉道："跌了灯值钱，跌了人值钱？你又穿不惯木屐子。那灯笼命他们前头点着，这个又轻巧又亮，原是雨里自己拿着的。你自己手里拿着这个，岂不好？明儿再送来。就失了手也有限的，怎么忽然又变出这'剖腹藏珠'的脾气来！"

在当时，这种玻璃绣球灯造型工艺算是巧夺天工，自然价值不菲。从文中看，连平时并不怎么珍惜物品的贾宝玉，也舍不得拿出自己的，担心被打破了，由此可见一斑。但既然林黛玉、贾宝玉都有，那说明这种灯在贾府也不算是罕见之灯。贵重，而主子们能拥有，这正说明贾府物件品质之高。随手一拿，便是珍品，随处一灯，都见奢华。

偌大个贾府，又何止于一灯之奢华呢？服饰、钗环、餐具、桌椅……何所不有，何其不贵！

正是"安享富贵者多，运筹帷幄者少"。当国公爷在世时，这样的生活日常，是排场，是品位。现如今，如此奢靡浪费，则是习惯，是惰性，是不思"开源"与"节流"的短视，是贾府经济崩溃的根源。

【学习任务】

1. 每到节假日，很多大型广场都有绚丽多姿的灯光秀，你关注过那些灯的名称和制作工艺吗？试着了解一下。你也可以对自己感兴趣的方面，如服饰、茶艺或是园林设计等，做一些观察与了解，并将《红楼梦》里相关的内容摘录出来进行对比，以此感受《红楼梦》"百科全书式"的特点。

2. 阅读小说第四十九回、第五十回，写下这两回的回目，关注下雪天大家穿着的外套，包括名字、颜色、特点等文本提到的各种要素。并谈谈你的阅读感受。

用细节描绘出爱情的天花板

　　《红楼梦》整部书没有出现一次"爱情"的字眼，也没有一个"爱"字被说出口，更没有大离大别面前的铮铮誓言。爱情却以各种形式出现在各种场合，在微小的日常细节里，是各式爱情的模样。蒙曼老师认为《红楼梦》写爱情，写出了爱情的天花板。小说在开篇已经有一番自己的创作谈，提出作品写爱情的与众不同：

　　"更有一种风月笔墨，其淫秽污臭，涂毒笔墨，坏人子弟，又不可胜数。至若佳人才子等书，则又千部共出一套，且其中终不能不涉于淫滥，以致满纸潘安子建、西子文君，不过作者要写出自己的那两首情诗艳赋来，故假拟出男女二人名姓，又必旁出一小人其间拨乱，亦如剧中之小丑然。""再者，亦令世人换新眼目，不比那些胡牵乱扯，忽离忽遇，满纸才人淑女、子建文君、红娘小玉等通共熟套之旧稿。"

　　甲戌眉批：开卷一篇立意，真打破历来小说窠臼。阅其笔则是《庄子》《离骚》之亚。

　　鲁迅对于《红楼梦》的写法，在其《中国小说的历史变迁》这本书中说："……自有《红楼梦》出来以后，传统的思想和写法都打破了……"确实，自有《红楼梦》出来以后，传统的关于爱情的写法都被打破了。

125

今天从最不起眼的一桩情事说起，那就是张金哥与守备公子。他们俩的爱情，如《孔雀东南飞》里的刘兰芝和焦仲卿般的双双殉情，震撼人心。这感觉像是因袭前人，但不是，这个故事里，主角一个都没有正面出现，却借由水月庵的老尼之口，娓娓道来讲给凤姐听，目的是见财起意，想拆散这对眷侣以满足权大势威者的诉求。话说凤姐插手张财主、守备家和李衙内这三家的婚事，结果是张财主爱势贪财，退了守备家的婚约，但是后果很严重：张财主的女儿，知义多情，闻得父母退了亲事，便用一条绳索悄悄地自缢了。那守备之子闻得金哥自缢，他也是个极多情的，遂也投河而死。

这对恋人，书中并没有明说他俩有没有相见，但我想，应该是有的，李衙内不就是在净虚住持寺庙上香祈福中看到张金哥的嘛，同理，张金哥也可能在订婚后两家的某场庙会或其他场合见过守备之子，彼此印象良好，获得美好的男女爱情。这对不得圆满的未婚夫妻，也许一个美貌异常、知书达理，一个风流倜傥、知情识趣，本是天造地设的姻缘，但经不起权贵与贪婪的恶念，重情、重义、重信、重诺，本想换取如梦佳期，喜得相守，最后却不得不用最惨烈的"宁为玉碎，不为瓦全"的方式双双殉情，"零落成泥碾作尘，只有香如故"。也是这不散的芬芳，让读者坚信真正的爱情不管遭到怎样的围追堵截都不会死，而是"此生因你而美好"，便可以因情而感，因情而殉。在贾府层出不穷的各类事件中，张金哥与守备的儿子，本人没有出场，只把爱得执着留给世人叹惋。

《红楼梦》里的风月情债，用戚蓼生序言："写闺房则极其雍肃也，而艳冶已满纸矣。"在《红楼梦》里，最符合戚蓼生这个评判的笔者认为是王熙凤和贾琏的情事。很多读者都不看好这段感情，这有可能是被王熙凤的醋劲与贾琏的好色掩盖了，其实，细究起来，贾琏和凤姐之间也是有不少儿女私情、你侬我侬的看点的。

早在送宫花的第七回，作者已经将凤姐、贾琏大白天的夫妻生活在有意无意间呈现出来：

（周瑞家的）越西花墙，出西角门，进入凤姐院中。走至堂屋，只见小丫头丰儿坐在凤姐的房门槛上，见周瑞家的来了，连忙摆手儿，叫他往东屋里去。周瑞家的会意，慌的蹑手蹑脚的往东边房里来……正问着，只听那边一阵笑声，却有贾琏的声音。接着房门响处，平儿拿着大铜盆出来。

脂砚斋的批语也从侧面验证了贾琏与王熙凤日间"嬉戏"的内幕：阿凤之为人，岂有不着意于"风月"二字之理哉？若直以明笔写之，不但唐突阿凤声价，亦且无妙文可赏。若不写之，又万万不可。

这种写实手法，是颇耐人寻味的。凤姐的主要形象特点很容易让她与柔情缱绻不沾边，她太口齿伶俐、太锋芒毕露、太能力超强、太心狠手辣，为达目的不择手段，这样的王熙凤很容易让人忽略她作为女人的人间烟火气，所以，作者早早地就写了她的夫妻生活，但又避免了露骨艳俗，只是让读者能够清晰地看出这夫妻俩感情浓烈。这种调情，后面也有出现。第二十三回，贾琏调笑王熙凤："只是昨儿晚上，我不过是要改个样儿，你就扭手扭脚的。"凤姐听了，"嗤"的一声笑了，向贾琏啐了一口，低下头便吃饭。很真实的夫妻生活，人间烟火，第三回王熙凤刚出场时已经展现了她作为年轻女性的魅力："身量苗条，体格风骚，粉面含春威不露，丹唇未启笑先闻。"

只是无论她怎样美，都免不了与"俗"联系在一起，但她"俗"得真实，有时也挺动人。例如，第十六回，贾琏护送林黛玉去苏州料理家事，数月不归，熙凤"心中实在无趣，每到晚间，不过和平儿说笑一回，就胡乱睡了"。这王熙凤，能说会道，干练爽辣，想找个乐子消遣一天的疲惫，有的是办法，有的是人想投其所好，然而，但凡有闲，这媳妇儿的心思在哪里，一眼就看出来了，贾琏不在，便实在无趣了。这让我想起一个段子，有人请教心理咨询师："我同时爱上了两个人……"未待他说完，咨询师说："选择下一个。如果你还爱第一个，就不会有第二个。"确实，爱的最大特质，应该就是排他性。没有贾琏，生活便谈不上情趣，便不来劲，这泼辣能干的"凤辣子"，是真的爱着贾琏。

忽一日见贾琏的小厮昭儿回来，便"细问一路平安信息。连夜打点大毛衣服，和平儿亲自检点包裹，再细细追想所需何物，一并包藏交付昭儿。又细细吩咐昭儿……"

此情此景，"细问""连夜""细细追想""细细吩咐"，每一"细"处，良人远方，佳人何处，牵肠挂肚，如画入目。王熙凤还细细算着日子，担心贾琏路上安危，直至贾琏真正回家，你看凤姐，撂下各路家务事（这对爱揽事、爱耍威风的王熙凤来说，可不是容易的事）来见贾琏，那是怎样的嬉笑打骂呢？

正值凤姐近日多事之时，无片刻闲眼之工，见贾琏远路归来，少不得拨冗接待，房内无外人，便笑道："国舅老爷大喜！国舅老爷一路风尘辛苦。小的听见昨日的头起报马来报，说今日大驾归府，略预备了一杯水酒掸尘，不知可赐光谬领否？"贾琏笑道："岂敢岂敢，多承多承！"

脂砚斋批云：娇音如闻，俏态如见，少年夫妻常事，的确有之。熙凤的这句玩笑话，非常符合夫妻二人的心境与性情。有一对小情侣也是久别重逢，如果拿出来对比一下，便发现真是一样分别两样情，就是林黛玉和贾宝玉。贾琏带着林黛玉从苏州回来，适逢元春封妃的大喜事，宝黛二人对此事浑然不觉，丝毫没提及，宝玉只见黛玉越发"超逸"

了，把北静王赠送的来自皇帝的鹡鸰香串转送给林黛玉，宝玉想的就是和林黛玉分享这份极高的奖赏。那林黛玉呢？"什么臭男人的东西，我不要。"什么意思呢？没有谁比你更重要啊！再看王熙凤见面左一个恭维"国舅老爷"，又一个调侃还是"国舅老爷"，把封妃之事当作久别重逢的美谈，贾琏很配合，很受用，接下来夫妻俩一边喝酒，一边进行长长的各种聊，大有小别胜新婚的温馨与和洽。这当然算是夫妻恩爱、三观一致地聊得来了。

贾琏，他爱不爱凤姐呢？通过上面的故事可见，贾琏对凤姐也是放在心上的。只是后来，随着凤姐醋劲越来越浓，贾琏被管束得越来越多，甚至因为鲍二家的，夫妻俩上演了《红楼梦》里唯一的夫妻对打戏，打完后，贾母要贾琏给凤姐道歉，这在当时对个大男人来说，还是很难执行的，但贾琏还是当面道歉了，对素面朝天的凤姐温情犹存，也很是有些感人。至于尤二姐死后，估计贾琏对凤姐的心，冷却得有些彻底了。说实话，这在当时，确实是凤姐过分，然而，凤姐的过分，倚仗的还是爱，只是太要强，最终落得"一从二令三人木"的悲剧收场。

无论是未露面的张金哥，还是高光登场的主角王熙凤，因为爱，都难免缠绵悱恻，发人肺腑。

爱的本质虽同，但爱的形式款款有致。再聊几款。

不少男性读者，特别是成熟的男性读者，你要问他们最喜欢《红楼梦》里的谁，这个答案是尤三姐。若说秦可卿国色天香，既有薛宝钗的妩媚风流，又有林黛玉的风流袅娜，但是你会发现，秦可卿美则美矣，但就文本而言，体会不到属于秦可卿的字里行间的魅力。尤三姐则不同，先看她长什么样子吧。

贾琏的小厮兴儿，在尤二姐处聊过一次天，极其风趣幽默、生动形象地从下人的视角评价了一番贾府几位重要人物，说起林黛玉，兴儿有句话是这样说的，第六十五回：

"另外有两个姑娘，真是天上少有，地下无双。一个是咱们姑太太的女儿，姓林，小名儿叫什么黛玉，面庞身段和三姨不差什么。"

这里，兴儿没有具体说出尤三姐长得怎样，但是其面庞身段和林黛玉可以相提并论，而前文兴儿对林黛玉的评价可是"天上少有，地下无双"，而林黛玉最美的便是风流袅娜的身段气质，至于面庞，读者也不知道林黛玉五官具体形状，只是"似蹙非蹙罥烟眉，似泣非泣含情目""心较比干多一窍，病如西子胜三分"，感觉轻灵、清雅、富含情韵、婉转玲珑。由此可见尤三姐外在形象给人的美感：少有，无双，似林黛玉。

但尤三姐又绝不是林黛玉，她本风尘女子，与"仙子"般的林黛玉非常不同，她还有充满肉欲色感的一面，看她的装扮，第六十五回：

这尤三姐松松地挽着头发，大红袄子半掩半开，露着葱绿抹胸，一痕雪脯。底下绿裤红鞋，一对金莲或翘或并，没半刻斯文。两个坠子却似打秋千一般，灯光之下，越显得柳眉笼翠雾，檀口点丹砂。本是一双秋水眼，再吃了酒，又添了饧涩淫浪，不独将她二姊压倒，据珍琏评去，所见过的上下贵贱若干女子，皆未有此绰约风流者。

就是这样果敢泼辣的尤三姐，嬉笑怒骂把贾琏、贾珍等玩弄于股掌之中，这俩男人拿她完全没有办法。这样一个令"男子们垂涎落魄，迷离颠倒"的尤三姐，她爱的是谁呢？是柳湘莲，用贾琏的话说，一个"标致的人""最是冷面冷心的"。且不说柳湘莲是如何令尤三姐动了心，只看她对贾琏说："姐夫，……若有了姓柳的来，我便嫁他。若一百年不来，我自己修行去了。"从此吃斋念佛，服侍母亲，日思夜想，专等柳湘莲回京。这份痴情，非名非利，也是难得了。而当这个男子一日果然来到尤氏居处，却是冷面冷心地怀疑绝色的尤三姐难免不是

"淫奔无耻之流"，不屑为妻，要求退婚。刚烈的尤三姐出得房门，站定在柳湘莲面前，拔剑自刎，芳灵蕙性，渺渺冥冥，揉碎桃花红满地，玉山倾倒再难扶。幡然醒悟的柳湘莲，抚尸大哭，继而俯棺大哭，之后飘然不知所踪。尤三姐只在人群中看见萍踪浪迹的柳湘莲一次，柳湘莲也直到尤三姐自刎才知其乃绝代风华的痴情女，人生苦短，他们带着不被了解的悲哀与不能了解的愧悔，一死一遁，擦肩而过，阴阳两隔，谱写了一段惊天地泣鬼神的爱情传奇。

爱，是否都是悲剧呢？就《红楼梦》而言，大多都是，除了前面提到的，还有秦钟和智能儿、贾蔷和龄官、藕官和药官、司棋与潘又安、贾琏与尤二姐、妙玉与宝玉等。但也有例外，如薛蝌与邢岫烟，贾芸和小红。

薛蝌与邢岫烟，这是一对幸运的神仙眷侣，既得在婚前相见相悦，还能有父母之命媒妁之言的缘分相促。要知道，在当时的贾府，男女授受不亲，家里的女子生活在和男子相互隔离的环境里，林黛玉初进贾府时，王夫人提醒她别理贾宝玉那个混世魔王，林黛玉就说自己只跟姐妹们玩耍，没有和男生去玩的理由，更没有可能与外男见面，就连女孩子的诗词字画往外流传都是不雅之事；纵然女子偶尔见到外男，也绝不允许"想起终身大事，鬼不成鬼，贼不成贼"；子女婚嫁均由父母全权定夺包办，要门当户对，父债女还，迎春就是这方面的牺牲品；在贾府看戏时，贾母就评论过戏的内容，认为才子佳人之类低级趣味的文艺，会污了孩子们的性情。就是在这样的大环境之下，素不相识的薛蝌与邢岫烟，一个是俊逸的世家公子，一个是端庄的荆钗布裙，一个年少失怙，一个虽有父母却家境贫寒。他们居然得以在上京投亲途中相遇，还彼此产生好感。更幸运的是，能不被父母乱点鸳鸯谱，能侥幸逃过门当户对的束缚，能得到名正言顺的牵线搭桥。在那么多悲剧的感情故事里，他们俩的相遇，带来一股暖色，美好的人，发生美好的事，无论繁华苍凉，无论人间善恶，也许他们最终只是平凡的小夫妻，但一个稳重平和，一个温柔自尊，"夫唱妇随真和合"，生活于他们应该是浓淡相宜的吧。

再看贾芸和小红，这是一场双向奔赴的理性与情感的质朴结合。贾芸这人，长得"容长脸，长挑身材""斯文清秀"，说话也是机敏灵活，见宝玉要认自己做儿子被贾琏笑话他不看年纪时，就马上说，第二十四回：

"俗语说的，'摇车里的爷爷，拄拐的孙孙'。虽然岁数大，山高高不过太阳。自从我父亲没了，这几年也无人照管教导。如若宝叔不嫌侄儿蠢笨，认作儿子，就是我的造化了。"

这一席话，现编现拍，随机应变，乖觉伶俐，是个懂事的人吧。还有更好看的，是和凤姐过招，第二十四回，贾芸想讨得在园子里栽花木的差事，求贾琏还没成，便寻思求凤姐更好。这日，守候到凤姐出门，贾芸深知凤姐是喜奉承排场的，抢上去请安，三言两语就和凤姐掰扯上了，还极其巧妙地觅得送礼贿赂的机会：贾芸将前日精心设计的找凤姐要差事的套路，现编出一个没有破绽的感人的故事，说是有个有钱的朋友，开香铺的，因公差要连家眷一起去云南，香铺里的账物便一一处理了，像冰片、麝香一类。

"像这细贵的货，都分着送与亲朋。他就一共送了我些冰片、麝香。我就和母亲商量，若要转卖，不但卖不出原价来，而且谁家拿银子买这个作什么，便是很有钱的大家子，也不过使个几分几钱就挺折腰了，若说送人，也没个人配使这些，倒叫他一文不值半文转卖了。因此我就想起婶子来。……因此想来想去，只孝顺婶子一个人才合式，方不算糟蹋这东西。"

这贾芸的口才，是不是绝了。王熙凤正好需要采办香料，缺香料是真缺，但凤姐所喜欢的，是这些奉承之言，若说王熙凤见到点儿东西就喜不自禁，那就小看了她。贾芸这番话下来，听得她"心下又是得意又是欢喜"，有此一番孝心，必当收下。贾芸成功地凭借语言撬动了当家人的心思，但凤姐何其老辣，并不当场就许他差事，以免降低自己的人格，贾芸也是非常识相。于是有了第二次的交锋，也是加倍好看。还是第二十四回：

次日，凤姐见到贾芸，在车上隔着窗子，先发制人，对他笑道"你竟有胆子在我的跟前弄鬼""昨儿你叔叔才告诉我说你求他"之类云云。这王熙凤锦心绣口，把自己收受贿赂之事遮得严严实实，贾芸的反应没有最高，只有更高，笑道："求叔叔这事，婶子休提，我昨儿正后悔呢。早知这样，我竟一起头求婶子，这会子也早完了。谁承望叔叔竟不能的。""如今婶子既知道了，我倒要把叔叔丢下，少不得求婶子好歹疼我一点儿。"两个心知肚明的人，硬是把自己装扮成一个蒙在鼓里的人，而贾芸每一处说话，都是积伶积俐，顺杆上爬，毫无破绽，入耳入心。甚至还借机拉了长线，把下一个大工程的苗头也捕捉到了。

再看小红是何等聪明伶俐的丫头，第二十七回，凤姐顺手招了红玉办事，打量一番，"生的干净俏丽，说话知趣"，便吩咐她去转告平儿几桩事情。别的不提，先看看此回小红在办完事后回话时说的一段脍炙人口的经典：

平姐姐说："我们奶奶问这里奶奶好。原是我们二爷不在家，虽然迟了两天，只管请奶奶放心。等五奶奶好些，我们奶奶还会了五奶奶来瞧奶奶呢。五奶奶前儿打发人来说，舅奶奶带了信来了，问奶奶好，还要和这里的姑奶奶寻两丸延年神验万全丹。若有了，奶奶打发人来，只管送我们奶奶这里。明儿有人去，就顺路给那边舅奶奶带去的。"

这一段话，连当时在场的李纨都听糊涂了，说什么"爷爷""奶奶"一大堆，但是凤姐知道这丫头聪明、灵醒，能一口气把四五门子事情捋得有条不紊，于是当面赞她说得齐全。

举了这些例子，看似与二人的爱情无关，实际上，这才是一种匹配，智商情商的匹配。乖觉玲珑，随机应变，志趣相投，三观相同，也正是因为这些，二人四目相投时，一个是勤恳务实的落魄公子，一个是不甘久居人下的伶俐丫鬟，各自都将对方记在了心上。其实所谓一见倾心，应该包含了灵慧之气的彼此感应吧。之后这两个人，机敏地在戒备森严的礼法制度里，用一块手帕，妙传心思，将质朴的爱，演绎得如蒲公英的种子，在凡尘中开出美丽的花朵。这样的两情相悦，如冬日的暖阳，如沐如浴，随风潜送，细润心扉。

每个人都如此不同，每一份爱情都如此不同。《红楼梦》大旨谈情，用微细的日常话语，把爱情谈出了天花板的高度。

【学习任务】

《红楼梦》之所以伟大，正是因为它娓娓道出了诸多真情真理，不只是爱情。请你结合小说第十七回、第十八回元妃省亲的内容，谈谈你所读到的真情真理。

小细节里的儿女情

【教师解析】

1. 略。

2. 袭人娇嗔宝玉的细节：

前文讲到史湘云这个贾宝玉的发小来了，住在林黛玉那里，贾宝玉跟她们姐儿俩玩，舍不得回怡红院。第二天早上一起床又去了林黛玉房间玩并梳洗。这事儿惹得服侍宝玉梳洗起卧的袭人恁是发了一通小姐或主子般的脾气。先看宝玉回到怡红院，首先找袭人搭话，结果袭人一副不满表情，怼了回去："你问我么？我那里知道你们的原故。"接下来居然对宝玉下了驱逐令，冷笑着说："只是从今以后别再进这屋子了。横竖有人伏侍你，再别来支使我。"

初听这话，感觉这里主仆颠倒了。这屋子，谁的屋子？在宝玉的屋子里，作为宝玉的首席丫头，袭人为什么说话如此没有分寸呢？宝玉可是对这般景况"深为骇异"，由此可知袭人平时并不这样。此回为哪般？脂砚斋评价这表现：醋妒妍憨假态，至矣尽矣！观者但莫认真此态为幸。但是如果不是醋妒之意，是什么呢？劝谏？接下来的剧情更加令人惊骇，"那袭人只管合了眼不理"。接下来，险况续出，宝玉问麝月，麝月同袭人好，居然也不理宝玉。岂不乱套了，宝玉完全可以大动干戈，生气、骂

135

人。可是被欺侮怠慢的贾宝玉，只是"呆了一回"，便睡觉去了。

这样安排细节，其实是为了突出贾宝玉的特征，首先，他疼爱一切美丽青春的女孩，更不要说朝夕相处的贴身丫鬟们了。遇到这种情况，他做了冷处理，一方面是怕她们得了意，以后越发来劲，而贾宝玉是厌恶劲的，这才是乖僻的宝玉。另一方面，他如果拿出主子的威风规矩来镇唬，似乎又显得无情，这才是重情不重礼的贾宝玉。

宝玉闻幽香的细节：

宝玉总未听见这些话，只闻得一股幽香，却是从黛玉袖中发出，闻之令人醉魂酥骨。宝玉一把便将黛玉的袖子拉住，要瞧笼着何物。黛玉笑道："冬寒十月，谁带什么香呢。"宝玉笑道："既然如此，这香从那里来的？"黛玉道："连我也不知道。想必是柜子里头的香气，衣服上熏染的也未可知。"宝玉摇头道："未必。这香的气味奇怪，不是那些香饼子、香球子、香袋子的香。"黛玉冷笑道："难道我也有什么'罗汉''真人'给我些香不成？便是得了奇香，也没有亲哥哥亲兄弟弄了花儿、朵儿、霜儿、雪儿替我炮制。我有的是那些俗香罢了。"

宝玉笑道："凡我说一句，你就拉上这么些，不给你个利害，也不知道，从今儿可不饶你。"说着翻身起来，将两只手呵了两口，便伸手向黛玉胳肢窝内两肋下乱挠。黛玉素性触痒不禁，宝玉两手伸来乱挠，便笑的喘不过气来，口里说："宝玉！你再闹，我就恼了。"宝玉方住了手，笑问道："你还说这些不说了？"黛玉笑道："再不敢了。"一面理鬓笑道："我有奇香，你有'暖香'没有？"宝玉见问，一时解不来，因问："什么'暖香'？"黛玉点头叹笑道："蠢才，蠢才！你有玉，人家就有金来配你；人家有'冷香'，你就没有'暖香'去配？"

恨得宝玉又上来挠她，黛玉也只好再次求饶。那宝玉也就得寸进尺拉了黛玉的袖子笼在自己的脸上，闻个不住。

这样的细节，无非恋人间的打打闹闹，却又情趣盎然。最有意思的是，无论怎么说，林黛玉都能把线索扯到吃薛宝钗的醋上。由宝玉迷自己的香，最后扯起薛宝钗的冷香丸配方，用"花儿""朵儿""霜儿""雪儿"等词，暗指冷香丸需要春夏秋冬的白牡丹花、白荷花、白芙蓉花、白梅花花蕊，并用同年雨水节令的雨、白露节令的露、霜降节令的霜、小雪节令的雪。这可说是吃醋，也分明是一种调皮甚至是调情，表达的核心其实是我喜欢你、我在意你，但又夹杂着蛮不讲理的纠缠。贾宝玉呢，也趁势对林黛玉来了个又恨又爱的反击：挠痒痒。这其实也是调皮的示爱，是大哥哥的小温柔，关系多近的人才会挠痒痒啊。黛玉自然禁不住，只得求饶，没想到宝玉一停手，黛玉马上又翻出"暖香"一波淘气话，不得不佩服黛玉的脑袋，多灵活，这样的聊天伙伴真是充满魅力，永远新鲜，永远有趣，永远令人意想不到。于是又来一波挠痒痒与求饶，这是多甜、多干净、多摇曳生姿的恋爱场景啊！同时，这些淘气打趣的对话里，也知道黛玉不用带那些香饼香球，也不用费尽巴力地去炮制冷香丸，她的香不在表面，而是在骨子里，这生而有香的黛玉，就是真正的香玉。

小细节里的大规矩

【教师解析】

1. 略。

2. 贾府族人众多，过生日也多。通过贾宝玉的生日，可知贵族公子生日的基本礼仪。

第一，接受贺礼。首先是长辈至亲之礼。文中提到的礼物先是僧庙里的道士、和尚等送的寓意吉祥、赐福保顺类的祝福礼，接着是舅舅王子腾、薛姨妈至亲长辈的礼物，再就是家中尤氏、凤姐、众姐妹的礼物，从虚到实，从外到里，一丝不乱。其中还提到"各庙中遣人去放堂舍钱"，这也是为大家族公子祈福的一种方式。

第二，拜祭之礼。宝玉先是梳洗冠带，至院中，仆人们已经设下天地香烛，首先祭祀的是天地。次至宁府中宗祠祭拜祖先，然后是遥拜贾母、贾政、王夫人等。接着顺路到各路长房中行礼。这一路忙活，都是贾宝玉在奠茶焚香，行礼感恩，跟我们今天过生日基本就是接受礼物，有天壤之别。

第三，接受拜寿。王夫人有言在先，不令年轻人受礼，恐折了福寿，故皆不磕头。所以，"虽众人要行礼，也不曾受。回至房中，袭人等只都来说一声就是了"。独有平儿，因为宝玉给她登门行过礼，觉得自己禁当不起，所以特赶来磕头，这俩人间的礼节，乍一看就是觉得形式何其烦琐，仔细品味，却是知礼在前，毕灵毕现体现大家族的讲究："平儿便福下去，宝玉作揖不迭。平儿便跪下去，宝玉也忙还跪下，袭人连忙搀起来。又下了福，宝玉又还了一揖。"

第四，寿星宴客。吃茶、吃长寿面，这些内容今天依旧还有。

小细节里的高消耗

【教师解析】

1. 略。

2. 第四十九回　琉璃世界白雪红梅　脂粉香娃割腥啖膻

第五十回　芦雪广争联即景诗　暖香坞雅制春灯谜

大家的外套：

薛宝琴：斗篷，金翠辉煌，野鸭头上的毛制作的，凫靥裘。

林黛玉：鹤氅，大红羽纱面白狐狸里，束一条青金闪绿色双环四合如意绦。

薛宝钗：鹤氅，莲青斗纹，锦上添花洋线番羓丝。

众姐妹：斗篷，一色大红猩猩毡与羽毛缎。

李纨：对襟褂子，青哆罗呢。

史湘云：貂鼠脑袋面子大毛黑灰鼠里子，里外发烧大褂子，围着大貂鼠风领。

贾宝玉：斗篷，大红猩猩毡。

阅读感受：

下雪天，纯净的世界，银装素裹，青春的儿女，粉嫩活泼。白雪红梅，如诗如画，鹤氅斗篷，风姿绰约。红楼儿女，在祖宗的荫蔽下，过着锦衣玉食、诗情画意的富贵生活，或许他们以为生当如此，却不知无数隐藏的悲剧很快就会揭开魔盒，最终吞噬这一切的美好。

用细节描绘出爱情的天花板

【教师解析】

长姐真情。元春未入宫时，从小受贾母教养，后来添了宝玉，怜爱有加，姐弟俩同随贾母，时刻相伴。宝玉三四岁时，便是元春手引口传，教授了几本书、数千字在腹内了。元妃入宫后，也是诸般牵挂宝玉，时时带信出来提醒父母要好生抚养，太严太宽都不合适，其眷念切爱之心，难以掩抑。待见到宝玉，"携手搅于怀内，又抚其头颈"，一句"比先竟长了好些"还未说完，便泪如雨下。脂砚斋在这部分的批语是"作书人将批书人哭坏了"，其实哭的何止元妃，何止脂砚斋，所有读者心有戚戚然。

天伦深情。贾政这位父亲，平时很少见他儿女情长，但这回可见他细腻深挚之意。本来大观园的题咏，另使名公大笔为之，固不费难，但想到姐弟情深，宝玉所拟之匾额对联虽非妙不可言，却是本家风味，让元春知道是其幼弟所为，不辜负其素日切望之意。这种父母儿女间的体贴怜爱之情，淋漓痛切。更有元妃见贾母、王夫人时的天伦至情，写得跌宕摇曳，元妃一手搀贾母，一手挽王夫人，三个人满心里皆许多话，只是说不出，只管呜咽对泣，周围一圈贾府女眷，俱在旁围绕，垂泪无言。如此辉煌的省亲画面，总是泪不自禁，可见赫赫扬扬的背后，多少寂寞、无助与幽怨，不得倾诉，见到自己最亲的人，泪水便如开闸般无法抑制。这样追魂摄魄的家人相聚场景，何等入情入神。

体上之情。元妃是贾府的女儿，更是皇帝的妃子。她来到时，一队队的队伍，何等威风的仪仗和森严的礼仪，之后，才是八个太监抬着一顶金黄绣凤版舆，缓缓行来。贾母等连忙路旁跪下。要知道，贾母高寿老太太，穿着品服大妆，还要跪候孙女儿驾到。等到元妃国礼毕，来到贾母正室，贾母等俱跪止不迭。贾政在女儿面前，表达了对圣恩隆恩的感恩，以及兢兢业业、勤慎恭肃以侍上的忠诚。整个贾府上下，都在虔诚地接受皇权检阅，躬行国礼，毕恭毕敬。

儿女长情。待到宝钗、黛玉、薛姨妈等一众外戚进见，元妃一律免去国礼，各叙阔别寒温，连元妃原带进宫的丫鬟抱琴也得以出场，与司棋、侍书、入画所谓贾家四钗之丫鬟，以琴棋书画排行，体现姐妹情谊。母女姐妹齐聚一堂，深叙些离别情景及家务私情。何等温馨愉悦。游幸期间，题咏写诗、听戏、分发礼物，其乐融融。

离别伤情。请驾回銮时，元妃再次不由地满眼滚下泪来，却又勉强堆笑，拉住贾母、王夫人的手，紧紧地不忍松开，并再三叮咛嘱咐，贾母等哭得哽咽难言，离合悲欢，见者鼻酸。

感受《红楼梦》的情节特点

《红楼梦》情节结构充满艺术性，而且非常复杂。

"它横向上是'多人多事'的橱窗展览型的，纵向上则是'网状式'。"在纵横交错的网状系统里，塑造出多种多样的人物形象，让人物的性格系统与情节的网状结构彼此呼应，同一层次人之间进行对照补充，上下层之间也有着广泛的对照补充，形成横向上完整、纵向上发展的整体化的对补系统。

作者调动各种艺术手段，以独特的方式去感觉与把握内在和外在的世界，形成独特的叙事风格。插叙，倒叙，追叙，正叙，将写实与诗化完美融合；总分总，分总分，一笔多用，多笔一用，将生活原貌与诗意感受开合跌宕；草蛇灰线，伏千里之外，错综复杂，融会贯通，彻底地突破了中国古代小说单线结构的方式，采取了多条线索齐头并进、交相联结又互相制约的网状结构。

"送宫花"就像一条线，串起贾府闺阁情景，无数线索，如织女的彩锦，织出满天霞光。请听这些故事，感受《红楼梦》的结构艺术。

一样宫花别样情

一线串珠，颗颗不同，引人入胜。送宫花这条线索，起点在梨香院，该走怎样的送花路线呢？

书中并没有写周瑞家的如何选择路线，而是首先提到贾母说孙女们太多了，挤在一处倒不便，就只留了宝黛二人解闷，那几个嫡亲的孙女儿就被安排到了王夫人后面的三间小抱厦内，令李纨陪伴照管。这就导致周瑞家的顺路第一站来到了这里，迎春、探春正在一处下围棋，周瑞家的将花送上并说清原因，姐妹二人的反应是欠身道谢，命丫鬟们收了。全过程可见姐妹二人既没有仔细看花的模样，也没有亲手拿花，只是一些礼节性的表示。惜春呢，在另一间屋子里，和尼姑智能儿玩笑，得知送花来给她戴，便玩笑说自己正在聊剃头做姑子的事情，取笑一回，命丫鬟收了。看，又是自己根本没碰，让丫鬟收的。贾府三春的日常，就这样展现于读者面前，真实、自然，又富有深意，迎春探春喝茶、下棋，闲适高雅，惜春童言无忌却道出最终的结局。

周瑞家的继续下一站送花，凤姐处，但又没有一站直达，中间经过李纨的房间，李纨因寡妇无花，但不能失而不写，于是这样一笔带过。到了凤姐处，会是什么景象呢？该用怎样的笔墨呢？看作者神笔，完全不让人失望：小丫鬟坐门槛上，摆手儿不让进。周瑞家的纳闷中，听到一阵笑声，有贾琏的声音，开门处看到平儿拿着大铜盆叫丰儿要舀水进去。这大白天的，夫妻二人，不见其人，但闻其声，一段完全不宜正面描写的文字，若隐若现，若隐更现，正是"柳藏鹦鹉语方知"。至此处，王熙凤的"四枝"花，由平儿"打开匣子，拿出四枝，转身去了"。同是贾家媳妇辈儿的李纨与凤姐，一个是寡妇的冷清，一个是夫妻的火热。同是日常，小姐们和媳妇们不同，小姐跟小姐不同，媳妇跟媳妇不同，所谓无处不妙。

现在花一共送走了十枝，还有两枝，是还"有"两枝，不是还"剩"两枝。送花也还有最后一站：林黛玉处。此处什么风景呢？黛玉不在自己房中，却在宝玉房中，大家解九连环游戏。看，从小一块儿玩，一块儿吃，一块儿睡。周瑞家的送花来了，林黛玉没有像迎春、探春姐妹俩（年龄相仿）般道谢，只是就宝玉手中看了一眼，便问其他姑娘都有了没有，听说都有了，便再看一眼冷笑道："别人不挑剩下的也不给我。"这话，若不细细想想，可能还觉得没有多不合适，若细想呢？第一，其他姑娘并没有挑三拣四，都是丫鬟随机拿走，这才是大家闺秀做派。第二，纵然真的别人都挑挑拣拣了，彼此之间一般也不会口不择言随口乱讲，林黛玉是懂这个道理的，初入贾府时就已经能随机调整自己了。第三，林黛玉也并不真正在意这两枝花，乐得道个谢的事居然不干，而是咄咄逼人？周瑞家的尴尬得一声儿不言语。这结果，不少读者倒吸一口气，觉得林黛玉这样没有修养？幸好有个贾宝玉在场缓解气氛，转移话题，才算把场面给撑过去了。

这林黛玉可不是傻子，也不是小户人家没见识的孩子，为什么如此任性把天聊得死死的？

先看看送宫花有没有一条应该的路线。

人家薛姨妈吩咐得明明白白的："你家的三位姑娘每位两枝，下剩六枝送林姑娘两枝，那四枝给凤姐儿罢。"薛姨妈这样吩咐，被脂砚斋赞为"妙文！"为什么呢？礼节、私心全在这看似无意的规矩里面了，贾府小姐是主人，送花第一个送给主人天经地义，林黛玉是重要客人，也得送，王熙凤是媳妇，地位排在家里的姑娘们之后，这是礼节。然而，送礼物，常常都会有私心考虑，跟谁最亲、最好心里是会有打算的，王熙凤是她的亲侄女，位置排了最后，但"那四枝给了凤哥儿吧"，四枝，凤哥儿，这两个词汇里正是对亲侄女的私心实意。

现在我们清楚了薛姨妈的礼仪规矩，再思考周瑞家的为什么要更改送花先后次序？她不懂应该的礼数规矩？不知道黛玉当时还是贾母心尖上的人？不知道林黛玉还是巡盐御史家的大小姐？

以她丰富的阅历，心性乖滑的性格，答案自然是否定的。现代心理学表示，一个人下意识做出的行为往往代表了自己内心的真实想法。周瑞家的这条路线，某种程度上就是一种下意识的选择，她选择的不是路线方便与否，而是为谁服务更重要。很明显，她作为王夫人的陪房进到贾府，陶冶了这么多年，王夫人的心思基本也就是她的心思了。所以她这样的选择里，是以讨好自己的主子为第一选择的。仗着她主子的威风，她才得以狐假虎威，逞能、显摆，所以这送花途中，又加入她女儿来贾府找她帮忙料理女婿的官司的事情，原来周瑞家的女婿便是雨村的好友冷子兴，近日因卖古董，和人打官司，故叫女人来讨情。周瑞家的仗着主子的势，也不把这些事放在心上，晚上只求求凤姐便完了。可见周瑞家的素日仗着自己是王夫人的陪房，身为奴仆却敢连官府官司都不放在眼里，那么，她自然不把黛玉放在眼里了。

此事偏偏写在送宫花这一回中，特别插在给黛玉送宫花之前，按照曹公处处伏笔、暗示的写作习惯，周瑞家的女婿官司的事情绝对不是随意写在这里的，正是要从侧面揭示周瑞家的"送宫花"也存了狐假虎威、仗势欺人的本意。

林黛玉多么聪明,在贾母面前也能分毫不乱、随机应变,她怎么会不懂得这些规矩礼数,她也知道周瑞家的这类人自然也知道规矩礼数,而肆意修改规矩礼数那就是有意冒犯,作为清高孤傲的林家大小姐,怎肯忍受这种恶奴的摆布,当场怼得她哑口无言才符合林黛玉的脾气。况且林黛玉可是贾敏和林如海的嫡生独女,林家娇生惯养的大小姐,自幼当作男儿教养,满腹诗书,目无下尘。在贾府,也是上有贾母万般疼爱重视,又有宝玉亲厚友爱,什么好吃的、好玩的都先让给她。哪里容一个周瑞家的就摆布了?这就是黛玉的率真个性和自信心,还有大小姐的傲娇本性。

同时,林黛玉对薛宝钗也很是忌惮,在对宝玉的自发的痴情上,感到了来自"宝姐姐"的严重威胁。而这些宫花,正来自宝钗处,而且宝玉也在眼前,所以其痴心痴情也影响她对周围人和事的态度,进而改变着她的心态、性格。这也使得她在这个做事越过规矩的周瑞家的面前,由着情绪爆发。

只是也有不少读者认为黛玉此举,虽是怼周瑞家的,但实际上也得罪了王夫人,为宝黛二人姻缘的悲剧结局埋下了伏笔。

【学习任务】

请阅读第七回,完成关于秦小爷和焦大爷的思考题:

1. 贾宝玉和秦钟第一次见面,试探性地展开了二人间的第一次聊天,有人评论他们二人此番对白,是"用真诚的心说着言不由衷的话",你怎么看?

2. 焦大醉骂透露了哪些关键信息?

纵横编织，霞辉彩映

——聊聊"织锦"式的艺术结构

传说中，织女能用纤纤玉手，织出灿烂多姿的彩霞。在文学艺术的世界里，曹雪芹用生花妙笔，如织女般，织出《红楼梦》结构艺术的锦绣华章。"织锦"式的艺术结构，也就是"网状"结构。个人感觉，"织锦"更能体现《红楼梦》明暗交织而繁复有致的艺术特征。

小说开头第一回，通过石头口吻讲述了本书的创作与众不同，这个不同除了选材、立意等，还包括其结构艺术。作者以批判的眼光，论及历代野史"至若佳人才子等书，则又千部共出一套"的陈腐老套，提及自己的"至若离合悲欢，兴衰际遇，则又追踪摄迹，不敢稍加穿凿，徒为供人之目而反失其真传者"，以此表明自己的创作基于生活现实。这就提示读者，《红楼梦》的结构艺术，坚持的是现实主义创作原则，作品的结构，如现实生活本身一般，千丝万缕，又井然共存，但作品又不是对生活的简单照抄和单纯模仿，既依据生活"不敢稍加穿凿"，又舍弃了无关重要的材料"只取其事体情理"，从而使小说呈现了高超而又纯熟的"织锦"式结构艺术。

什么是"织锦"式结构艺术？

先看第五十二回，晴雯病补雀金裘：

先将里子拆开，用茶杯口大的一个竹弓钉牢在背面，再将破口四边用金刀刮的散松松的，然后用针纫了两条，分出经纬，亦如界线之法，先界出地子后，依本衣之纹来回织补。

晴雯织补雀金裘，就是"织锦"的一种形象解释。曹雪芹创作《红楼梦》，亦如晴雯织补雀金裘，先用结构主线分出经纬，"界出地子"。例如，用第一回叙述玉石的来由和木石前盟的故事，预示宝黛爱情主线，用甄士隐的"小荣枯"预示贾府的"大荣枯"。第二回借用冷子兴的演说，画出贾府人物及故事经纬。第三回借林黛玉进贾府，展示小说主人公们生活的整体环境。第四回借用葫芦僧判断葫芦案，展示社会生活大环境，并把女二号薛宝钗带进贾府。第五回，借用判词和曲词，暗示"千红一哭""万艳同悲"的大结局。这五回都是大布局，但各纲各线又有不同，第一回的视界由宇宙洪荒、女娲炼石补天处到人间地府、烟火凡尘处，给予小说亚神话的神秘美感；第二回从外围、外戚着眼，慢慢聚拢于贾府，给读者一个清晰的贾府家族的脉络；第三回，对荣国府的屋宇陈设、对贾府夫人小姐等一一予以特写镜头，给读者以鲜明感受；第四回揭示四大家族的存在，预示家族没落的根源；第五回则写仙境以映射人间的大观园。

这样拉纲布线，勾勒出整张网的大布局，并形成诸多网眼。从第六回开始，作者用离合兴衰的彩线，在大布局的网眼中"来回织补"，纵横交织，你呼我应，恰如能工巧匠"札札弄机杼"，思绪万般又清晰有序，让读者在这部被詹丹教授认为"人物最多""情节最复杂""主旨最深刻"的小说中也不至于迷路，于"闺阁琐事"中涵咏品味，如行走于山阴道中，目不暇接，美不胜收。

具体到一个个角色、一桩桩事件怎样组合、如何呼应，从而形成一个丰满、光泽、顺滑的成品呢？继续探讨"织锦"的各种妙招。

先看宝黛爱情，这是小说最大的主线之一，在这条主线上，网眼众多，盘根错节。作者是怎样展现杂然纷呈的情节，又能各不相犯还彼此呼应的呢？两相对举，就是作者自觉使用的重要艺术手法。钗黛二位女主，常常是在彼此衬托中彼此呈现，即使是《红楼梦》中的人物在提到二位女主时，也没忘记将她们对比一番。

第六十五回，兴儿向尤二姐等人讲到林黛玉和薛宝钗，说他们平时遇见两位姑娘，连大气儿都不敢出：

"是生怕这气大了，吹倒了姓林的；气暖了，吹化了姓薛的。"

第五十五回，王熙凤说两位：

"再者林丫头和宝姑娘他两个倒好，一个是美人灯儿，风吹吹就坏了；一个头是拿定了主意，'不干己事不张口，一问摇头三不知'。"

除了这些好看的剧中人的说法，作者对二位姑娘还有诸多对比照应的写法。例如，她们进贾府的两种写法。林黛玉进贾府，写一路周到恭谨的护送，写众星捧月般的围观接待，写贾府内眷们的各种风采，写正式豪华的宴客场景，写贾家的雍容华贵，写黛玉进府原因是母亲去世没有依靠。薛宝钗进贾府，写薛家的霸道乡里，写各路贪官外戚，写进府原因是入京待选。两位女主角，同是进贾府，方式迥然不同。这样笔墨，与两位女主的性格是息息相关的。一位明媚自我，另一位内敛端方；一位高调任性，另一位低调随时；一位孤凄敏感，另一位安分守拙。两位女主，不同路径，同样惊艳。

再如，对宝玉挨打事件的反应，宝钗第一个来到怡红院探访，托着一丸药，是薛家祖传的棒疮药。安排宝钗"第一"，手"托着"，这样的看望顺序与方式，既能看出她对贾宝玉的关心，又不失其大家闺秀的身份，事出有名，名正言顺，送药，所以第一个驾到。到了之后，看到被打严重的贾宝玉，也难免忘情说出一些动情的话：

早听我们一句劝也不至于今日，不说老太太、太太看着心疼，就是我们这些姐妹看着，也……

理智的薛宝钗，在被打惨的贾宝玉面前，短暂地忘了情，表露了心迹，顿时红了脸，这就惹得宝玉又多看她几眼，但薛宝钗马上回到理性，转向袭人询问宝玉挨打的原因。

林黛玉呢？小说没有写林黛玉怎样进入怡红院，只是写入睡中的贾宝玉隐隐约约感觉有人在哭泣，醒来一看，发现是黛玉，眼睛都已经哭肿了，宝玉的反应是"强装成没事一样"，反过来安慰黛玉。并引出宝黛间动人心魄的知己交流，黛玉担心宝玉继续这样还会遭暴打，心疼不已，因而抽抽噎噎地说了句平时并不说的劝慰之言："从今后都改了吧！"而宝玉呢，接着说出的是最知心的叛逆之言，"你放心，就便为这些人死了，也是情愿的！"这种对贾政或贾政代表的势力的彻底对抗的话，贾宝玉在林黛玉面前，毫不掩饰。

同样看望被打的宝玉，作者巧妙地用性格作为魔术棒，开辟出截然不同的路线，让读者看到迥然不同的景象。一个正大光明，堂而皇之，另一个暗暗溜进来，哭得不便见人；一个稍有忘情便及时收敛，另一个深情悲痛不能自抑；一个让宝玉有所心动，另一个让宝玉忘乎所以；一个以为事出有因，另一个感觉宝玉不该挨打。在这样的结构安排里，显示二女主截然不同的性格特征：一个要做给众人看，顾大体，还理性打探事件原因，刚说了半句动情的话又忙咽住地理性刹车，可见其化被动为主动、化尴尬为从容的高明手段；另一个只是纯粹的关心，是"你好我自然就好"的心灵倾诉，在情感自然宣泄中流露肺腑之言。

通过这样的结构安排，把二位女主放在同一事件中，因不同性格走出不同线路，让读者更容易在对比中，感知贾宝玉与谁更贴心贴肺，感知爱情的样子是如何地真挚动人，如何地情不知所起，一往而深。

这种对比式的"织锦"术，在小说中比比皆是，小到像第三十七回发起海棠诗社时，探春所写的小启与贾芸写的帖子之间雅俗的对比，大到各种美丑、真伪、善恶、苦乐等多种对比映衬。例如，第四十三回、第四十四两回，讲了宝玉偷偷地祭奠金钏儿和贾琏夫妻争吵两件事，一边是哀婉凄凉、纯粹真挚，一边则大吵大闹、钩心斗角。再如，第十九回，一边是"花解语"劝宝玉循规蹈矩着眼功名，一边是"玉生香"天然纯粹儿女真情。又如，第六十四回，回目已经构成对比，"幽淑女悲题五美吟，浪荡子情遗九龙佩"，前部分写黛玉在潇湘馆里焚香设醴、陈瓜列果、祭奠五位古代美人、并作诗五首时，宝玉驾到，写了宝玉对黛玉的疼爱体贴，二人欲言又止、无言对泣的深情与真挚，散发着洁净芬芳的气息。后半部分写贾琏和尤二姐的苟合，奔着色欲而来的、外在于精神需求的情感交流，透着恶俗庸凡之气。

上面所谈的例子，大多是双线或多线并行的"织锦"艺术。再看一种定点换景的"织锦"术，就是以重大事件为结构网眼，然后通过这一网眼，看各路人物各种事件纷纷而来，聚集成一个风起云涌的旋涡。例如，第三十三回，宝玉挨打的情节就是这种结构网眼，"从此望出去、手足耽耽、不肖种种、心事重重、尘世扰扰"，各种线索围绕着这个网眼聚集起来，就像晴夜观天，群星灿烂而又浑然一体。像这样的结构网眼，小说中还有很多，刘姥姥进大观园、周瑞家的送宫花、元妃省亲、秦可卿出殡、各种节日宴会等。

以宝玉挨打为例做些具体的阐释。先看"手足耽耽"，这个词应该是源于虎视眈眈，形容贪婪而凶狠地盯着，在宝玉挨打的情节中，表现为贾环添油加醋地告状。贾环为什么会夸大甚至歪曲事实向父亲告哥哥的状呢？或者说贾环为什么会对贾宝玉虎视眈眈呢？这就把兄弟俩的多种交集都聚拢在一起。

第二十回，贾环和宝钗、香菱、莺儿一起玩围棋，先赢后输，输了着急，便在掷骰子时耍赖，被莺儿瞧不起，拿贾宝玉的大方做对比，贾环因此委屈而哭。恰逢贾宝玉到来，贾宝玉天性爱跟女孩子玩，没有心思对男孩哪怕是自己弟弟俯就，也就没有细心体察贾环想在兄弟姐妹中开心玩耍的心思，说了一通道理给贾环，把他打发走了。这样一来，孤独的贾环自然不爽，所以在赵姨娘面前，贾环说：

"同宝姐姐顽的，莺儿欺负我，赖我的钱，宝玉哥哥撵我来了。"

这说法，一般读者会感觉贾环简直是诬赖，莺儿有欺负他吗？宝玉有撵他吗？但若站在贾环的角度看，这或许也算符合事实。他在贾府，因为庶出，一直活在贾宝玉的阴影里，也可以说，贾宝玉在某种程度上就是贾环的心病。可莺儿呢，哪壶不开提哪壶，故意借此奚落。贾宝玉呢，听起来是冠冕堂皇地说哪好玩去哪玩，不用在这里哭泣，其实颇有些"何不食肉糜"之意，因为，本来就是大正月里，学房放学，闺阁中忌针，大家都闲着，贾环来宝钗处玩乐，贾宝玉却因为他哭了就单方面认为他应该找别的地方去玩，那贾环极有可能只听到让他去别的地方，至于其他道理根本没听进去。这才是贾环，他的三观决定了他这样思考问题，算不上恶意歪曲，但也是可怜之人自有可恨之处。从这件事可以看出兄弟两人在地位、修为、兴趣等各方面都没有共同语言，而贾宝玉的待遇高高在上，还不能体察贾环的卑微心思，导致无数说者无意听者有心的不爽，不断滋长着贾环的嫉妒、仇恨心理。

到了第二十五回，宝玉从外头回到王夫人处，正好贾环也在这里，正抄写《金刚咒》。看到王夫人满身满脸摩挲抚弄贾宝玉，贾宝玉也搬着王夫人的脖子说长道短。特别是后来贾宝玉叫彩霞替他拍着说笑，虽然彩霞淡淡地不大搭理，两只眼睛只向贾环处看，但是贾环素日恨宝玉，如今又见他和自己喜欢的彩霞厮闹，心中就咽不下这口气了，每每暗中算计。刚好隔宝玉近，于是就想到用蜡灯里的滚油烫他一下，便故意装作失手，把那一盏油汪汪的蜡烛推到贾宝玉的脸上。烫得宝玉一溜燎泡。贾环这样的行为，不可谓不恶毒。但贾环会不会因此惭愧或悔改呢？看下大家的反应，王熙凤骂他"慌脚鸡"，王夫人叫出赵姨娘一番骂"下流黑心种子"，王熙凤又威胁明天贾母问起如何交代，等等行为，这对处于弱势地位，还不知道自律自强的赵姨娘和贾环来说，无疑是习得性加深仇恨，这也导致后来赵姨娘请马道婆作法想弄死王熙凤和贾宝玉。

发展到第三十三回，贾政因贾宝玉在回见贾雨村时葳葳蕤蕤觉得不爽，加上忠顺府索要琪官又让他气得目瞪口呆，再碰到贾环，贾环趁机告状，说：

"我母亲告诉我说，宝玉哥哥前日在太太屋里，拉着太太的丫头金钏儿强奸不遂，打了一顿。那金钏儿便赌气投井死了。"

这个话，把贾政气得面如金纸。之前还是喝令小厮，"快打，快打！"现在是大喝："快拿宝玉来！"贾环一番话，显然与前面事实不符，也不知是贾环歪曲事实还是赵姨娘已经添油加醋，总之，在结构上，就是把贾政的情绪一激再激，直见：

那贾政喘吁吁直挺挺坐在椅子上，满面泪痕，一叠声"拿宝玉！拿大棍！拿索子捆上！把各门都关上！"

一通狠命盖板子下来，贾政把贾宝玉打得个"面白气弱"，由臀至胫"皆是血渍"，竟无一点儿好处。

这条"手足耽耽"的线索，一路或明或暗，时隐时现，附着在"宝玉挨打"这样的大骨节眼上推波助澜，与其他情节浑然一体，酿造出

《红楼梦》里最剧烈的一场正面冲突。

上面是一条纵向的丝线。在"宝玉挨打"的情节眼上，还有多条辐射状丝线——聚拢，把贾宝玉在贾政眼中的"不肖种种"叠加呈现。先是会见贾雨村时，慢吞吞出来，全无一点挥洒谈吐，葳葳蕤蕤，看得贾政已然不爽，但知子莫若父，贾政绝不至于因此就要打儿子的。接下来，贾宝玉因金钏儿之死而心思不振、怔呵呵的样子，令贾政很是生气，但也还不到动手打人的地步。接下来，又一条线索奔涌而至，就是忠顺亲王府来贾府索要琪官，这事非同小可，流荡优伶还在其次，得罪王府事就大了，送走长史官，贾政打人之心已决，但此时的贾政，感觉只是要收拾收拾自家"不长进"的孩子，还没到要往死里打的地步。而贾环的添油加醋，让一位本想狠狠收拾一通儿子的父亲完全失去了理智，愤怒之火变成咬着牙狠命盖板子。这一通板子下去，痛的就不只是贾宝玉一人，接连而至的王夫人、贾母，一个死命护犊子，连哭带诉，一个是赌气带骂，狠狠地回敬了贾政。之后，众人对打坏的宝玉的看视，特别是薛宝钗和林黛玉前来探视，诸多情节，就像刺绣娘娘灵感勃发、泼泼洒洒、信手拈来织出的满天霞彩，光芒夺目，令人如痴如醉。

好看的锦缎，千丝万缕，丝丝入扣。《红楼梦》的艺术结构，亦若彩绣辉煌，丝丝入扣。

【学习任务】

1.《红楼梦》的伏笔俯拾皆是，每每被脂砚斋指出，并且赞不绝口，说它是"草蛇灰线，伏脉千里"。请阅读第二十四回、第二十六回、第二十七回，写出这些章回的回目，并以小红与贾芸的故事为例，分析小说伏笔的艺术特色。

2. 在人物众多、情节复杂的《红楼梦》中，作者既要对人物群体有个总的设计蓝图，又要对每个主要人物的性格发展史有个通盘考虑。在这么复杂的结构安排面前，曹雪芹找到了结构的"秘密"，那就是暗示。请你从文中举出几个作者使用了暗示手法的例子。

一样宫花别样情

【教师解析】

1. 宝玉见秦钟，二人彼此把对方惊为天人，各自寻思不得早日相交。一个怨自己荼毒了"富贵"，一个怨"贫富"二字限人，二人相见恨晚，都想加快结交的速度。怎样加快呢？宝玉就问秦钟近日家务等事。一个从不关心家务的公子哥儿，开口问的居然是对方的家务事，这奇葩表现的背后，其实是在新朋友面前的不敢造次。那秦钟是怎么回答的？"业师于去年病故，家父又年纪老迈，贱疾在身，公务繁冗，因此尚未议及再延师一事，目下不过在家温习旧课而已。再读书一事，必须有一二知己为伴，时常大家讨论，才能进益。"其实秦钟的心思，估计只在"有一二知己为伴"上，但却说了一大通父亲的情况。

宝玉根本不等秦钟说完，就急着说："我们家却有个家塾，合族中有不能延师的，便可入塾读书，子弟们中亦有亲戚在内，可以附读。我因上年业师回家去了，也现荒废着。家父之意，亦欲暂送我，且去温习旧书，待明年业师上来，再各自在家亦可。""今日回去何不禀明，就在我们这敝塾中来，我亦相伴，彼此有益，岂不是好事？"贾宝玉的主要心思自然只在"就在我们这敝塾中来，我亦相伴"，却也是冠冕堂皇说一堆"家父之意"。

最后秦钟更是说出"慰父母之心"的大言不惭。

"家父前日在家提及延师一事，也曾提起这里的义学倒好，原要来和这里的亲翁商议引荐。因这里事忙，不便为这点小事来聒絮的。宝叔果然度小侄或可磨墨涤砚，何不速速作成，又彼此不致荒废，又可以常相谈聚，又可以慰父母之心，又可以得朋友之乐，岂不是美事？"

两个不走寻常路的小孩子，在家里跟父亲的关系其实都不怎么好。现在倒都搬出自家父亲来说事儿，一副孝子贤孙的模样。其实每个人都在说着言不由衷的假话，但是用的是最真诚的心。

2. 第一，宁国府一派腐烂。

赫赫扬扬的贾府，从外面看，那是何等轩峻壮丽、威严气派。摆到场面上的父子关系，那也是彬彬有礼、父慈子孝。焦大一骂，惊悚的内幕赫然在眼前，爬灰的爬灰，养小叔子的养小叔子，说明宁国府这些人已经贪欲到毫无规矩可言。

第二，宁国府管理真混乱。

焦大为什么要骂人，直接原因是他认为总管赖二派活不公道，欺软怕硬，没良心。这就顺理成章借焦大之口显示宁国府管理的问题。像焦大这样的老功臣，他从小跟着太爷们出过三四回兵，从死人堆儿里把太爷背了出来得了命，自己挨着饿，却偷东西来给主子吃。两日没得水，得了半碗水，给主子喝，他自己喝马尿。而且还是宁国府的老家人，确实没有得到应有的关怀，还是只管派活。

第三，焦大这样的人不适合当奴才。

奴才的责任应该是让主子舒服，为主子办事，替主子消灾，鞍前马后地伺候着。可焦大辈分高，功劳大，按理应该可以是奴才里有头面的人物了，但他却在最底层。这也有焦大自身的原因。焦大是有功劳的，可他老把功劳挂在嘴边，时时处处提醒主子们自己可是他们的头号功臣，要享受头号功臣的待遇，这就没有摆正主奴之间的关系。最致命的问题是焦大还摆不正内外关系。别看他嘴里说着胳膊折了往袖子里藏，可实际上他在人家荣国府的琏二奶奶面前，在不相干的外人秦钟面前，把宁国府最见不得光的丑事儿都扒了出来了，这就是太不给宁国府面子了。这样没有大局观的人贾府一众主子自然容不下他。

纵横编织，霞辉彩映
——聊聊"织锦"式的艺术结构

【教师解析】

1. 第二十四回　醉金刚轻财尚义侠　痴女儿遗帕惹相思

第二十六回　蜂腰桥设言传蜜意　潇湘馆春困发幽情

第二十七回　滴翠亭杨妃戏彩蝶　埋香冢飞燕泣残红

在第二十四回，写了小红的一番心思与算计，正听人说起贾芸心中一动时，凑巧贾芸就在窗外叫她说，拾到她的一块手帕。这就给人留下悬念，其实呢，第二十五回道出这不过是做了一个梦。接着，便用丫头们之间的隔隔絮语岔开。到第二十六回，小红与贾芸在蜂腰桥相遇，四目相对，各怀心思，红玉不觉脸红，接着一扭身往蘅芜苑去了，留下一段悬念后，接着写贾芸去见宝玉，之后又转入"潇湘馆春困发幽情"的描写。到第二十七回，写芒种节姐妹们玩耍，宝钗去找黛玉，却因一双玉色蝴蝶而被逗引到了滴翠亭前，听到了小红与坠儿的谈话，接上了小红、贾芸二人的故事。可是紧接着就是凤姐在山坡上招手叫小红去取工价银子，故事又中断了，继续留下悬念，等待时机合适，再做编织。

2. ①第七回周瑞家的送宫花送到惜春那儿，惜春笑道："我这里正和智能儿说，我明儿也剃了头同他作姑子去呢，可巧又送了花儿来。若剃了头，把这花可戴在那里？”惜春的话是随口说出来的，但却“将后半部线索提动”，暗示了惜春将来出家的结局。

②　第二十二回，薛宝钗元宵节制的春灯谜诗中有一句“恩爱夫妻不到冬”，这既符合谜底“竹夫人”的情况，又对宝钗的结局起到了暗示的作用，所以贾政听了觉得它是“谶语”，满腹狐疑。

③　第三十回，宝玉对黛玉说：“你死了，我做和尚！”也是暗示故事的发展与结局。

《红楼梦》中大量暗示法的运用，这不仅是曹雪芹对小说结构艺术的贡献，而且成了考证八十回后逸稿的重要依据之一。

第六章

品味《红楼梦》的语言特色

被誉为中国当代语言艺术大师的著名作家老舍在多年前写下过一段话："看看《红楼梦》的语言吧！它有多么丰富、生动、出色的语言哪！专凭语言来说，它已是一部了不起的著作。"

"其人物各有各的语言。它不仅叫我们听到一些话语，而且叫我们听明白人物的心思、感情，听出每个人的声调、语气，看见人物说话的神情。书中的对话使人物从纸上走出来，立在咱们的面前。它能教咱们——念对话，不必介绍，就知道那是谁说的。这不仅是天才的表现，也是作者经常关切一切接触到的人，有爱有憎的结果。"

除了人物语言，还有很多内容能看到《红楼梦》语言艺术方面令人为之惊叹的辉煌成就。例如，惜字如金的动作描写，凝练而内涵深刻的概述，谐音隐语，俗言谶语，环境描写，等等，都显示出巨大的语言艺术魅力。

千言万语皆传神

——聊聊《红楼梦》的语言艺术

《红楼梦》有深刻的思想，鲜活的人物形象，生动细腻的故事情节，而这一切，是借助精美的语言实现的。《红楼梦》的语言，可以说达到了我国古代白话小说艺术的顶峰。脂砚斋说《红楼梦》的文字"一字不可更改，一字不可增减"，更改、增或减，都将导致语言的艺术表现力黯然失色。

举个例子，以见一斑：

脂评本第二十九回，写贾宝玉和林黛玉间的吵架，而且是动静很大的一次吵架，写到贾宝玉：

便赌气向颈上抓下通灵宝玉，咬牙恨命往地下一摔，道："什么捞什骨子，我砸了你完事！"

程高本将此处改为：

便赌气向颈上摘下通灵宝玉，咬牙恨命往地下一摔，道："什么捞什骨子，我砸了你，就完事了。"

程高本对原文做了两处改动。一处是将"抓"改为"摘"。原文的"抓"字，有急速、激动、狂乱的意蕴，活现宝玉的压抑、愤怒情绪，迁怒于这块玉，想抓下扔掉，急不可待地挣脱金玉良缘枷锁。极言宝玉

163

之痛苦，之绝望，之叛逆，动感形象，很有视觉冲击力！而"摘"字，有缓慢、轻柔、平静的意蕴，没有明显的感情色彩，平淡无奇，对和林黛玉怄气着急的贾宝玉的心理状态的刻画不生动。

另一处是将"我砸了你完事"，改为"我砸了你，就完事了"。乍一看，程高本将原文改为短句，好像更加铿锵有力。实际上，原文一气呵成，是一声怒吼，斩钉截铁，让贾宝玉想冲破枷锁、摆脱郁闷的性格呈现出爆发力，具有强大的力量。加一"了"字，只要读者模拟贾宝玉"咬牙恨命"的心态读一读，便发现原文排山倒海般的力量，就如泄气的皮球，难以表现出来。

一"摘"一"抓"，都是能做、可做的事情，只是在此艺术氛围中，"摘"与"抓"相比，艺术表现力不仅平庸，而且简直就是拙劣。

可见，曹雪芹原笔与程高之修改，差别不止云泥，简直就是天堂地狱。好好的文字就这样被糟蹋了。曹雪芹的原笔用词是何其精准，真是一字改不得。

在著作中，像这样不可改，不可增，不可减的例子，俯拾皆是，不胜枚举。张爱玲曾说的"人生三恨"，其中之一就是"红楼未完"，说是特别厌恶后四十回之语言无味。欧丽娟教授也曾就林黛玉在后四十回过生日时的穿着打扮谈到后四十回语言表现的庸俗，甚至因此导致人物形象失去原有的韵味。

不可改，不可增，不可减，是从总体上说明《红楼梦》语言艺术的精妙绝伦。

《红楼梦》的语言艺术魅力是多方面呈现的，下面从谐音与熟语、描写的力道两个方面做一些梳理，以见证作品的语言魅力。

先看谐音双关。曹雪芹惜墨如金，常常使用谐音双关的艺术手法，用尽可能少的文字蕴含尽可能多的含义，对揭示人物形象特点和推动故事情节的发展，都有重要的作用，同时体现了深厚的艺术功底和扎实的文学底蕴。

小说里诸多人、物的命名都使用谐音双关。例如，英莲（应怜），香菱（相怜），娇杏（侥幸），元、迎、探、惜（原应叹息）春，冯渊（逢冤），菱（香菱）花空对雪（薛蟠）澌澌，玉带林（林黛玉）中挂，金簪雪（薛宝钗）里埋，湘江水逝楚云飞（史湘云）……这些人物命名通过谐音，暗示了人物命运。又如，葫芦（糊涂）庙，寄居一穷儒姓贾名化（假话），乃是当日同僚一案参革的号张如圭（如鬼）者……这类人物命名就揭示了人物性格特点。再如，像"霍启"这样的命名，具有隐射某些事件的作用，脂批曰："妙，祸起也。此因事而名。"其预示甄英莲被拐子拐走的祸事。这一类的命名还有：甄士隐与贾雨村正饮茶闲聊，"忽家人飞报严老爷来拜"，脂评称："炎也。炎既来，火将至矣。"以此预示下文葫芦庙失火事件。除了人名，不少物品名、地名，也是巧妙使用谐音双关。例如，姑苏城中的"十里街""仁清巷"，脂评"十里"为"势利"，"仁清"为"人情"，"人情"认为"是伏甄、封二姓之事"，即映射甄士隐岳父封肃势利眼，连女婿也坑蒙、嫌弃。又如，千红一窟（哭），万艳同杯（悲），巧妙地揭示小说女性的悲剧命运。再如，"贾不假，白玉为堂金做马……"之类的口语歌谣，用来隐射"四大家族"的势力。

小说中还有一些谐音是用来构建小说整体框架的，如小说开头讲到自己的创作原则是"将真事隐去""用假语村言"：

"作者自云曾历过一番梦幻之后，顾将真事隐去，而借'通灵'说此《石头记》一书也；……"

这是《红楼梦》最基本、最重要的总体构思和框架结构。第一回"甄士隐梦幻识通灵，贾雨村风尘怀闺秀"中，甄士隐和贾雨村是作品中贯穿始终的框架，又是小说的关键人物。第一回"甄士隐梦幻识通灵，贾雨村风尘怀闺秀"，第一百二十回"甄士隐详说太虚情，贾雨村归结红楼梦"，续作者高鹗遵循曹雪芹的设计，首尾贯通地完成了《红楼梦》由梦幻到现实并最终回归梦幻的艺术建构。总而言之，甄士隐联系的是幻境，是"彼岸"，贾雨村联系的是尘世，是"此岸"，两人联手，虚实结合，仙凡合一，讲完了《红楼梦》的故事。

谐音双关在《红楼梦》的人物形象、艺术构思，以及框架构建诸多方面都具有重要的作用，高妙的语言艺术大师，善于调用一切语言元素，创造至臻至美的艺术感受。

除了谐音语汇，作品中还大量使用熟语，熟语用词固定、语义结合紧密、语音和谐，具有结构上的稳定性和意义上的整体性。曹雪芹是运用熟语的高手，到了出神入化的程度。

王熙凤在贾琏从苏州回来后的第一次谈话中，就一口气引用多个熟语，生动活泼又言简语丰。下面摘录刘姥姥在第六回说出的熟语：

刘姥姥看不过，乃劝道："姑夫！你别嗔着我多嘴，咱们村庄人，那一个不是老老诚诚的，多大碗吃多大的饭？"

"没了钱，就瞎生气，成个什么男子汉大丈夫了！"

"谋事在人，成事在天。"

"如今自然是你们拉硬屎，不肯去俯就他。"

"只要他发一点好心，拔一根寒毛比咱们的腰还粗呢！"

"没的去打嘴现世。"

"也难卖头卖脚去。"

"贵人多忘事。"

"'瘦死的骆驼比马还大，'凭他怎么样，你老拔一根寒毛比我们的腰还粗呢！"

刘姥姥，不过一个村庄老妇人，出场也不多，但说起话来，能娴熟地驾驭俗语村言，增添语言的感染力，让读者从中看到一个活得通达而卑微的乡村妇人形象。

再看描写的力道。《红楼梦》中，概述语言与描述语言都非常精彩，单从描写的角度看，也是式样纷呈，下面列举几例肖像描写、语言描写和环境描写的例子，以见一斑。

第三回，就像语言艺术奢侈品的高端专柜，琳琅满目，令读者应接不暇。曹雪芹的笔任意驰骋，变化多端，写出了各不相同的人物形象及特点，以宝黛二人的肖像描写为例做些分析鉴赏：

贾宝玉的肖像出现两次，一次是刚从外面回来，一次是脱外套后：

头上戴着束发嵌宝紫金冠，齐眉勒着二龙抢珠金抹额，穿一件二色金百蝶穿花大红箭袖，束着五彩丝攒花结长穗宫绦，外罩石青起花八团倭缎排穗褂，登着青缎粉底小朝靴。面若中秋之月，色如春晓之花，鬓如刀裁，眉如墨画，眼似桃瓣，睛若秋波。虽怒时而若笑，即嗔视而有情。

头上周围一转的短发，都结成小辫，红丝结束，共攒至顶中胎发，总编一根大辫，黑亮如漆，从顶至梢，一串四颗大珠，用金八宝坠角，身上穿着银红撒花半旧大袄，仍旧带着项圈、宝玉、寄名锁、护身符等物，下面半露松花撒花绫裤腿，锦边弹墨袜，厚底大红鞋。越显得面如敷粉，唇若施脂；转盼多情，语言常笑。天然一段风韵，全在眉梢；平生万种情思，悉堆眼角。看其外貌最是极好，却难知其底细。

林黛玉的肖像也出现两次，一次是众人眼中，一次是贾宝玉眼中：

年貌虽小，其举止言谈不俗，身体面庞虽怯弱不胜，却有一段自然风流态度。

两弯似蹙非蹙罥烟眉，一双似泣非泣含情目。态生两靥之愁，娇袭一身之病。泪光点点，娇喘微微。闲静时如姣花照水，行动处似弱柳扶风。心较比干多一窍，病如西子胜三分。

这两人的肖像描写，都传神地写出二人的长相特征和精神风貌。但又有很大的差异，最大的差异在于肖像描写涉及的内容，林黛玉看贾宝玉，是从衣服开始的，然后才看到面部长相，而贾宝玉看林黛玉，是直接从面部长相到神态举止。为什么呢？

贾宝玉的肖像包括长相、衣着和神态，林黛玉的肖像只有容貌和神态，没有穿着打扮。不同的语言表现形式里，蕴含着不同的人物心理与性情。脂砚斋有句批语："不写衣裙妆饰，正是宝玉眼中不屑之物，故不曾看见。"但这样的说法，也解释不了林黛玉为什么看贾宝玉的衣着佩饰呢？难道这些外在之物是林黛玉所看重的吗？显然，这样的外貌描写还包含更深层的意义。林黛玉是外客，来到陌生的环境，她以最细致的眼光打量周围的一切，宝玉的妆饰、服装都属于这个陌生世界的一部分，所以看得很仔细、很全面。而贾宝玉呢，他是以主人的身份看一个孤零零的外来者，所以他会忽略林黛玉周边的许多东西甚至其穿着打扮，而只聚焦于其人。这样差异化的肖像描写，正是人物身份、性格的一种体现。

若是再把贾宝玉眼中看到的林黛玉和众人眼中看到的林黛玉的肖像放在一起比较，还会发现，大家看体质，贾宝玉看气质，看到一种忧郁的气质，进而给她取字"颦颦"。只是肖像描写，作者就可以做到如此地同中有异，浅中蕴深。

再看语言描写，同样是精彩绝伦、越看越有味。还是以贾宝玉的语言为例分析鉴赏。单就贾宝玉说话的艺术而言，也不是一般的多，下面是其"胡诌瞎扯，一语双关"的话语表现的例子。

还是第三回，宝黛初见，贾宝玉一上来就"胡说"："这个妹妹我曾见过的。"如此疯话，一鸣惊人，与黛玉的"心下大惊"形成正侧交融，也与木石前盟巧妙勾连，还将神界、仙界与人间连接起来。但对在场的人来说，又显得情理不通，贾宝玉接着在贾母的质疑中又做了一通"疯疯傻傻"的解释：

"虽然未曾见过他，然我看着面善，心里就算是旧相识，今日只作远别重逢，未为不可。"

脂砚斋侧批云："作小儿语瞒过世人亦可。"按照作者第一回设计的，他们前生有缘，此生相遇便是旧相识，但宝黛二人未必知道他们真的是旧相识，旁人就更加不知道他们是旧相识，所以听起来就是贾宝玉在胡诌。然正如脂砚斋云，这是瞒不过读者的，读者知道，或许贾宝玉、林黛玉也冥冥之中知道，因为他们有自己身心的体验告诉自己这种与众不同的感觉。林黛玉把这种感觉藏在心里，暗暗吃惊，贾宝玉则简洁明快、毫无隐讳地诉诸众人。这种先天异禀般的认识，在世人眼中就只能理解为疯癫痴傻、性情乖张了，对于两个灵心巧性的人而言，则是用世人的不理解彰显了二人的灵犀相通。因此这段贾宝玉的胡诌之言，被脂砚斋认为乃"妙极奇语"，一语多意。

第二十一回，写宝玉因在黛玉处和史湘云一起梳洗，惹得袭人很不爽。宝玉回到怡红院，袭人、麝月都懒待服侍他，结果贾宝玉也赌了一番气，和丫头四儿谈话时，也是巧妙地一语双关、含讥带讽：

宝玉便问："你叫什么名字？"那丫头便说："叫蕙香。"宝玉便问："是谁起的？"蕙香道："我原叫芸香的，是花大姐姐改了蕙香。"宝玉道："正经该叫'晦气'罢了，什么蕙香呢！"又问："你姊妹几个？"蕙香道："四个。"宝玉道："你第几？"蕙香道："第四。"宝玉道："明儿就叫'四儿'，不必什么'蕙香''兰气'的。那一个配这些花，没的玷辱了好名好姓。"

这么一段和丫头的闲扯，虽然胡诌的成分并不多，但也是顺手拈来就给丫头改了个挺有意思的名字，也借机顺了一遍丫头改名的过程，芸香，原本俗气，蕙香，比较雅致，宝玉依据谐音骂了人"晦气"，然后给改名为"四儿"，同时体现出等级制度里，丫头的姓名权是不自由的，这在小说中多次出现。还借机隐射了袭人，因为袭人的名字也是宝玉取的，借用诗句"花气袭人知昼暖"，现在宝玉正和袭人、麝月怄气，于是说了句语义双关的牢骚话："不必什么'蕙香''兰气'的。那一个配这些花，没的玷辱了好名好姓。"其实在揶揄花袭人对自己的不理不睬。就是这么几句端茶递水间的家常话，也被写得内涵丰富，一语三关。

最后从环境描写来看曹雪芹语言驾驭能力是何等超群。小说中精妙的环境描写太多，三言两语道不尽其层出不穷的艺术手段，下面举些简单的例子，看作者在环境描写上的片语传神功夫。

第一回，"士隐大叫一声，定睛看时，只见烈日炎炎，芭蕉冉冉，梦中之事便忘了对半。""烈日炎炎，芭蕉冉冉"，八个字道尽甄士隐梦醒后满眼炎夏长昼的庭院情景，让梦境的迷离与现实的光亮分离开来，顺利带出现实生活中的英莲。

第十四回，"一时，只见宁府大殡浩浩荡荡、压地银山一般从北而至。""浩浩荡荡、压地银山"，八字道尽声势，把上至公侯郡王下至家人仆从的盛大奢靡的出殡场景精准呈现。

第十七回，"只见水上落花愈多，其水愈清，溶溶荡荡，曲折萦纡。""溶溶荡荡、曲折萦纡"，八个字道尽沁芳溪水清晰清澈、灵动蜿蜒的特点。

第十八回，"只见园中香烟缭绕，花彩缤纷，处处灯光相映，时时细乐声喧：说不尽这太平景象、富贵风流。""香烟缭绕、花彩缤纷"，八个字简明扼要道出元妃眼中大观园富丽繁华、花团锦簇的夜幕景象。

第二十三回，"登时园内花招绣带，柳拂香风，不似前番那等寂寞了。""花招绣带，柳拂香风"，八个字道尽姑娘们住进大观园中后满园生机的景象，还生动简明地描述了住进去的女孩们的独特风姿，展现了她们为园中增添的景致。

第二十六回，"（宝玉）便顺脚一径来至一个院门前，只见凤尾森森，龙吟细细，举目望门上一看，只见匾上写着'潇湘馆'三字。""凤尾森森，龙吟细细"，八个字道尽黛玉处环境的清幽与宁静。

第二十七回，"那些女孩子，或用花瓣柳枝编成轿马的，或用绫锦纱罗叠成干旄旌幢的，都用彩线系了。每一棵树，每一枝花上，都系了这些物事。满园里绣带飘飘，花枝招展。""绣带飘飘，花枝招展"，八个字道尽大观园花朝节的热闹繁华，也展现了大观园里女孩子们心灵手巧的一面。

第五十九回，"一日清晓，宝钗春困已醒，搴帷下榻，微觉轻寒，启户视之，见园中土润苔青，原来五更时落了几点微雨。""土润苔青"，四个字写出宝钗在蘅芜苑起床后些许的寥落，春雨过后，本有万物复苏、生机勃发的自然景象，但经历了诸多变故后的大观园以及贾府的人事变迁之后，洞彻力很强的薛宝钗也无心观柳看花。

第六十二回，"大家又该对点的对点，划拳的划拳。这些人因贾母王夫人不在家，没了管束，便任意取乐，呼三喝四，喊七叫八，满厅中红飞翠舞，玉动珠摇。""红飞翠舞，玉动珠摇"，八个字写尽贾母王夫人等不在家时，宝玉和大观园的青春少女纵情放浪的场景，既自由欢快又诗情画意。

第七十六回，"猛不防只听那壁厢桂花树下，呜呜咽咽，悠悠扬扬，吹出笛声来。趁着这明月清风，天空地净，真令人烦心顿释，万虑齐除，都肃然危坐，默默相赏。""明月清风，天空地净"，八个字道尽笛声清幽入人肺腑的审美感受，但也免不了凄凉寂厉之感。

以上所举之例，皆是片言只语中，或是意境尽显，或是形象毕现，或是情趣立露，或是境界尽出。

在《红楼梦》这部语言艺术的宝库里，一字传神，几字传神，处处传神，这样的说法一点儿也不夸张。

【学习任务】

开展"听音辨人"学习活动。

要求：

1. 每位同学摘抄5处自己喜欢的人物语言，要分属5个人物；背诵并表演自己摘抄的红楼人物语言，请同学猜是哪位人物在说话。

2. 概括《红楼梦》人物语言描写成功的妙诀，并举例分析。

千言万语皆传神

——聊聊《红楼梦》的语言艺术

【教师解析】

1. 略。

2. 人物语言描写成功的妙诀:

① 性格各异,谈吐相随。例如,宝玉的"痴狂病"使其常有痴呆语,摔玉、砸玉、还玉,无一不是用"痴狂病"的语言方式来表达的,这正是他在封建统治时代一种挣扎而不得脱的扭曲的精神世界的表现。黛玉极强的自尊心决定了她不像宝玉那样公开发泄,而常常通过"多心伤感"的方式,采用"比刀子还尖"的语言,来对付"风刀霜剑严相逼"的现实。

② 对比衬托,变化无穷。例如,夏金桂和宝蟾吵架,薛姨妈和宝钗去劝架。夏金桂一味撒泼,咄咄逼人,宝钗只是"忍了气"劝说,夏金桂却又得寸进尺,越发泼赖,连薛姨妈都"万分气不过",薛宝钗还是一句也不反驳地劝妈妈"不用动气"。一边是"怄",故意惹人生气,一边是"劝",好意平息纠纷,不同性格,不同对话,对比鲜明,使矛盾在针锋相对中千变万化。

③ 言行同写,相辅相成。例如,写宝黛吵架,黛玉"拭泪",宝

173

玉"经不住抬起手来替他拭泪",黛玉责怪"这么动手动脚的""你又要死了",但当她意识到自己说话造次,宝玉"筋都暴起来,急的一脸汗"时,她又"一面说,一面禁不住近前伸手替他拭面上的汗"。作者生动地刻画了人物前后矛盾的言行,活画出一对热恋挚爱着的痴儿怨女的形象。

附 录

《红楼梦》前五回导读课之"神奇的故事"

一、教学设计

（一）课标要求分析

《普通高中语文课程标准（2017年版2022年修订）》将"整本书阅读与交流"列于18个任务群之首，共列出5条整本书阅读的学习目标与内容，其中第2条中有"从最使自己感动的故事、人物、场景、语言等方面入手"这样的表述，高度概括地给《红楼梦》整本书阅读教学提示了导读的重要线索，"故事""人物""场景""语言"等要素，抓住其中任何一个，都可以引导学生对《红楼梦》"反复阅读品味、深入探究"，或"欣赏语言表达的精彩之处"，或"梳理小说的感人场景乃至整体的艺术架构"，或"厘清人物关系，感受、欣赏人物形象"，或"探究人物的精神世界、体会小说的主旨"，或"研究小说的艺术价值"。

新教材必修下册把《红楼梦》作为整本书阅读单元，教材编者给予阅读指导的第一条是把握前五回的作用。

（二）学情分析

爱听故事是人的天性，更是青少年学生的天性。《红楼梦》里的故事俯拾即是，但《红楼梦》的故事，人物非大忠大贤、大奸大恶，情节非跌宕起伏、扣人心弦，因此，常常位居青少年"死活读不下去书单"榜首。同时，《红楼梦》开篇前五回，洪荒与烟火、仙界与地府、前世与今生、哲思与悲悯……所涉之宏阔，所谈之深奥，确非一般中学生所能轻松读懂的。

因此，教师导读的首要目标是激发学生阅读兴致，在中学生爱故事的天性与《红楼梦》的艺术魅力之间，在人的审美需求与《红楼梦》的艺术审美之间，架起桥梁。本节课就是挑选了前五回中"神奇的故事"作为研讨内容，选取三个看似荒唐神奇的故事，力图借此引导学生"反复阅读品味、深入探究"，从而"欣赏语言表达的精彩之处，探究人物的精神世界，体会小说的主旨，研究小说的艺术价值"。

教学实践经验提示，小说前五回是学生阅读的难中之难，若能帮助他们突破前五回，余下篇目尽管内容宏大、繁复，但也能像古人行船出川一样，闯过"夔门"之后，其余的路程则可顺流而下，再无阻碍。

（三）教学目标

1. 语言积累与思维发展目标

品读"石头"故事、"还泪"故事、太虚幻境故事，领会其丰富内涵。

2. 审美评价与文化理解目标

探究三个神话故事的表达意图，品鉴曹雪芹的创作艺术。

（四）教学重难点

重点：对故事内容的把握，引导学生形成自己的阅读感受与思考。

难点：对故事内涵的领悟，鼓励学生探究作品的深沉意蕴与哲思。

（五）教学方法

讨论法、任务驱动法、资源链接法。

（六）教学过程

1. 自主阅读

阅读前五回，完成以下内容。

任务一：细品自己喜欢的内容，并做批注。

任务二：记录疑难点。

任务三：复述"石历三生""木石前盟""太虚幻境"三个故事的内容。

2. 激趣导入

形式：使用希沃白板5的课堂游戏功能，仿照诗词大会抢答赛的形式，聚焦学生兴致。

内容：幻灯片依次展示教师设置的以下条件，学生据此说出自己的答案。

① 在《红楼梦》里，有两个无比重要的人物。（留白给学生七嘴八舌）

② 这两个人物就所占篇幅来看毫不起眼。（留白给学生发愣）

③ 这两个人物无比神奇。（留白给学生有所思悟）

④ 这两个人物开启了故事，结束了故事。（留白给学生似有所悟）

这两个人物是茫茫大士与渺渺真人。

现在，我们随着这两个人，到洪荒宇宙中女娲炼石补天处，看看"石生际遇"。

设计意图：融汇科技，激发兴趣。

增值性评价：尊重差异，关注起点。

3. 任务与活动

学习活动一：把握内容

任务布置：

请小组派代表复述三个故事的主要内容。

评价要点：

① 时间，地点，人物，事件起因、发展、高潮、结局等要素清晰。

② 复述语言清晰简洁，能引用原文重点信息和关键词句。

示例：灵河岸边三生石畔（地点），绛珠仙草（人物）得神瑛侍者（人物）甘露灌溉（起因），得换人形，修成女体（发展）。神瑛侍者下凡造历幻缘，绛珠仙草也下世为人，把一生的眼泪还他以偿恩情。

交流：仿照示例，复述"石历三生""太虚幻境"的故事。

设计意图：引导学生熟读文本，概述文意。

过程性评价：关注学生个体的进步，由复述不完整、不清晰到清晰、完整地概述文本内容。

学习活动二：探究意蕴

任务布置："虽近荒唐，细谙则深有趣味。"这是作者在开篇对自己写作内容的评判。"荒唐"且不说，请你结合自己的阅读感受，选择其中一个故事，探究其"趣味"。

提供以下视频资源让学生参考，启迪学生深入思考"荒唐言"的"其中味"。

视频1（4分钟）：石头的前世今生——顽石，灵石，灵玉。（欧丽娟）

视频2（5分钟）：窥见他人命运的春梦。（网络名：斑其）

视频3：曹雪芹与红楼梦。（央视纪录片）

设计意图：借助学生喜欢的视频资源，引导他们通过对"石头故事"内容的探究，了解《红楼梦》创作的目的、主旨及成书过程；通过对"木石前盟"故事内容的探究，把握宝黛爱情的基调；通过对"太虚幻境"的深入鉴赏，领会"千红一哭""万艳同悲"的人物命运预示。通过这样的品读，理解"荒唐言"对现实生活的折射与映照，品鉴作者丰厚的人生感悟。

增值性评价：尊重差异，注重过程。

学习活动三：交流分享

任务布置：分组讨论交流对三个故事意蕴的解读，派代表总结发言。发言时先集中探讨"石历三生"，其次是"木石前盟"，最后是"太虚幻境"。教师根据学生的理解，进行引导、点拨与激发。

设计意图：呈现学生"已知"，激发碰撞产生"新知"。

增值性评价：尊重差异，重视发展与提升。

预设准备与学习支架预备：

第一组："石头"故事。

① 问题预设：

a. 如果为图书馆写一张《石头记》的简介，你会摘取文本中哪些信息？

b. "炼石补天剩下一块石头"的外形、志趣，跟什么人最相似或相关？

c. 既然最后"万境归空""复归原处"，石头为什么还坚持去历劫？

② 素材准备：

曹雪芹与"石头"相关联的人生经历。

③ 结论预设：

a. 借"通灵"之说叙述了《石头记》的来历及其成书过程，并引出"石上所记之言"——《石头记》本文。

b. 代作者立言，是对话体形式的创作谈。

c. 有隐指作者之意。作者以石自况，以石自嘲，借石抒愤。曹雪芹与石头的相似之处：身世经历、性格志趣。（插入知识链接：曹雪芹简介。）

d. 有隐指贾宝玉之意。"通灵"宝玉是贾宝玉出生时的口衔之物、佩戴之物，是贾宝玉叛逆性格及其人生道路、人生经历的一个象征。贾（假）宝玉——真顽石，真顽石——贾（假）宝玉，亦真亦假，两相对应，妙趣横生，感世、愤世、讽世意味浓厚，耐人寻味。

e. 寄寓作者的人生感悟。石头明知人生"到头一梦，万境归空"，明知自己"劫终之日，复还本质"的归宿，还是心慕"那人世间荣耀繁华"，执意要求茫茫大士、渺渺真人携带他"得入红尘，在那富贵场中、温柔乡里受享几年"；历尽尘缘，"复还本质"，回到那"凄凉寂寞"的"大荒山中，青埂峰下"，但对自己"历尽悲欢离合、炎凉世态的一段故事"，不仅自觉"有些趣味"，还"意欲问世传奇""令世人换新眼目"。这反映了作者思想的深刻矛盾：一方面，人生无常、生命短暂，流露出感伤、虚无之感；另一方面内心深处有充满对人生的眷念与执着。

第二组："还泪"故事。

① 问题预设：

a. 你一般用什么方式报恩？什么情况下会流泪？

b. "木石前盟"与宝黛爱情有哪些相关性？

c. 前世注定的姻缘，至真至情的爱情，终归"虚化"，蕴含作者怎样的情感？

② 结论预设：

a. "报恩"是旧题，"还泪"报德酬情，却是奇思妙想，实属"罕闻"。

　　b.直接对应作为《红楼梦》情节主线的宝黛爱情,是"泪尽而逝"悲剧的神话解说。木石有情,是超乎一般情爱的人的至诚至深之情,这是对宝黛爱情的诗意化、浪漫化、哲理化。

　　c.具有反世俗、反传统意味。"木石前盟",与现实的"金玉姻缘"相对抗。宝黛二人一见如故,心心相印,生死不渝,但如此至真至诚的"奇缘",到头来却如镜花水月,终归"虚化",人间现实否定了天生奇缘。可见,"还泪"说是对姻缘前定的宿命论的否定和嘲弄。

　　第三组:太虚幻境故事。

　　① 问题预设:

　　a.你在太虚幻境看到哪些新鲜的人、事、物?

　　b.太虚幻境跟现实有哪些相似之处?

　　c.太虚幻境的判词有什么作用?

　　② 素材准备:

　　《枉凝眉》歌曲,让学生感受悲凉基调。

　　③ 结论预设:

　　a."杂"中"以我为主"的奇想天开。

　　"太虚(道)幻境(佛)","警幻(佛)仙姑(道)"亦佛亦道,非佛非道。"痴梦仙姑""钟情大士""引愁金女""度恨菩提","仙姑"与"大士","金女"与"菩提",一道一佛,两相对举,而"痴梦""钟情""引愁""度恨"又非道非佛,全然是世俗化、情感性的词语,不伦不类、离奇古怪。

　　"痴情司""结怨司""朝啼司""夜哭司""春感司""秋悲司",俨然人间妇女身世命运、生前身后之档案材料馆,前所未闻,凭空杜撰。

　　"太虚幻境"的"杂"只是表面的,真正表现的内容却是自成一体，戛戛独造。

b. 预示多而精彩。

"寿夭多因毁谤生，多情公子空牵念。"这些判词，不仅可以向读者事先透露信息，对其阅读心理产生某种强化或导向作用，更有对全书内容提纲挈领的结构作用。"《红楼梦》的人物是那样众多，人物是那样复杂，在结构上不能不有一两次笼罩全局的提纲挈领式的叙述。"

c. 定下悲凉的抒情基调。

借判词、曲文流露感情或直抒胸臆，怀悼、眷恋、反省、悔恨……种种复杂的感情交织在一起，一唱三叹，如泣如诉，低回婉转。这种基调不仅回荡在太虚幻境，也笼罩着《红楼梦》全局。

d. 对应现实环境大观园。

"珠帘绣幕，画栋雕檐""仙花馥郁，异草芬芳"的绮丽景象，"已为省亲别墅画下图式矣。"太虚幻境是现实中之省亲别墅即大观园的一个象征性投影。也可以说，太虚幻境即仙界的大观园，大观园即人间的太虚幻境——幻即真，真即幻，幻中影真，真中影幻。

总而言之，"石头"故事、"还泪"故事和太虚幻境故事，一会儿仙界，一会儿梦境，乍一看，诡异、离奇、难懂，但是，经过同学们的认真解读和这节课的交流，我们分明从中窥见现实生活的映照，这里既有宏观的安排与布局，又有幽微处无数令人遐思的悬念和伏笔，可谓天上地下、亦真亦幻，扑朔迷离，又真实可信，其艺术构思不可谓不深。

4. 资源链接

曹雪芹（约1715—1763年）名霑，字梦阮，号雪芹，又号芹圃、芹溪。他的先世原是汉人，但很早就入了满洲旗籍。从他曾祖曹玺开始，祖父曹寅、伯父曹颙、父亲曹頫三代世袭江宁织造的官职。他的曾祖母做过康熙皇帝的乳母，祖父曹寅做过康熙皇帝的侍读，两个女儿入选王妃。康熙皇帝六次巡南就有四次以江宁织造署为行宫。由此可见曹家的显赫以及与皇室的密切关系。

曹家还是一个具有文学教养的世家。曹雪芹的祖父曹寅博学能文，写过不少诗词戏曲，也是有名的藏书家。著名的《全唐诗》就是由曹寅主持刻印的。这种家庭环境无疑对曹雪芹的文学素养有直接的影响。

曹雪芹在少年时代经历过一段贵族生活，雍正即位后，展开了一场残酷的清除政敌的斗争。在皇室内部争夺权力斗争的牵连下，他的父亲曹𫖯因事获罪免职并被抄家，后又遣回北京，家道从此衰落，到他著书时已过着"举家食粥酒常赊"的贫困生活。他写《红楼梦》，"于悼红轩中，披阅十载，增删五次"，因贫病交困，加之爱子夭折悲伤过度，全书未尽即凄惨地与世长辞。

5. 小结

都言作者痴，谁解其中味。

绚烂的极致是平淡。乍看平淡的语言里，却蕴含及其丰富的内涵，这是我们读《红楼梦》的难题，也是《红楼梦》的魅力。

作家毕飞宇评价《红楼梦》："无论你有多大的智慧，这部书都罩得住你，反过来，无论你多么浅薄，哪怕只是识字，《红楼梦》你也能读，一样有滋有味。"

6. 课后作业——思辨读写（任选一个写作）

同学们刚开始读前五回的感觉基本都是懵懂模糊的，通过对前五回几个故事的探讨，教师感觉到学生对文本内涵解读能力提升很多，由说不出几句话，到说出很深刻的理解。在此基础上，教师继续巩固深化学生对《红楼梦》文本探究的成果，布置以下两道思考题，引导学生进一步领会文学作品的艺术特点。

1. 蒋勋曾谈道：《红楼梦》最迷人的部分全在生活细节，并不是情节。试结合小说第三回内容，谈谈你对这一说法的看法，并进行分析。

评价要点：

① 概述总体看法。

② 合理引述文本内容并做分析。

③ 段与段间要体现层次。

（过程评价与结果评价）

2. 有人认为，小说第五回以判词的形式暗示金陵十二钗的命运，有剧透的嫌疑。你怎样看待这样的情节安排？

评价要点：

① 查找资料，合理阐述他人看法，再得出自己的结论。

② 能分析判词暗示命运的价值，或判词存在的弊端。

③ 段与段间要体现层次。

（过程评价与结果评价）

二、课堂实录

师：在进入今天的课堂研讨之前，我想问问同学们：你们读前五回的总体感受是怎样的？

增值性评价：关注起点。

生1：很梦幻。太虚幻境其实主要是贾宝玉做了一个梦，虚虚实实，真真假假。

生2：很神奇。石头的故事好像贯穿天地，补不了天，却下得了地。

生3：内容很丰富，太虚幻境有太多神奇的内容，引发人琢磨的兴趣。

生4：我觉得里面包含了很多悲欢辛酸的人生况味，又有一种满纸荒唐言，谁解其中味的迷惑。

生5：乍看迷糊，细究则不失灵魂。

师：解释一下，"不失灵魂"？

生5：很多情节都经过了精心的设计。例如，那些人名地名的谐音，仔细揣摩起来，都能够看出作者的良苦用心。

师：那必须的，不光是精心设计，简直字字皆是泪，"批阅十载，增删五次"啊！

生6：看似神幻的内容，有很强的预示性。

师：请举个例子，哪个神幻的东西预示了什么情节？

生6：例如，在太虚幻境的判词，就预示了很多人物命运的结局。

师：真羡慕同学们如此青春年少就可以对《红楼梦》高谈阔论，当初老师在你们这个年龄接触的是《红楼梦》电视剧。上大学才开始读《红楼梦》，对前五回读得云里雾里。

后来，读了多遍《红楼梦》，今天这节课获得一个和同学们共同探讨前五回三个神奇故事的机会。现在我要趁这个机会考考你们，请看幻灯片，按我的提示说出你们的答案。

幻灯片：在《红楼梦》里，有两个无比重要的人物。

生（轻轻松松、七嘴八舌）：贾宝玉、林黛玉、王熙凤、贾母……

师（幻灯片）：这两个人物就所占篇幅来看毫不起眼。

生（学生发愣，东瞧西望）：……

师（幻灯片）：这两个人物无比神奇。

生（交头接耳）：……

师（幻灯片）：这两个人物开启了故事，结束了故事。

生（七零八落）：甄士隐、贾雨村、和尚、道士……

增值性评价：尊重差异。

185

师：这两个人是茫茫大士与渺渺真人。同学们说的甄士隐和贾雨村，乍一听也是有些道理的，但这节课，我们的关注点是"神奇的故事"，茫茫大士与渺渺真人，他们在仙界"丰神迥别"，而在人间，他们"蓬头跣足""癞头跣脚""疯疯癫癫""麻屣鹑衣"……现在，我们随着这两个神通广大、好像冥冥中在操纵着"石头的故事"的两个角色，进入洪荒宇宙中，去女娲炼石补天处，看一块石头的"石生际遇"。

首先请一位同学复述石头的故事。

生1：女娲炼石补天剩下的一块石头，想从仙界下凡，到尘世体验人间繁华昌明，于是被茫茫大士、渺渺真人带入凡世。

师：提醒同学们思考复述故事的评价标准（出示幻灯片）。

生（齐）：时间，地点，人物，事件起因、经过、结果，等等。

师：好！同时，我们还需要尽可能使用原文中的词句。那我们据此再补充一些需要复述的要素。

生（齐）：女娲炼石补天单剩下一块石头，它因"无材补天"而自怨自艾。听闻茫茫大士和渺渺真人"谈那人世间荣耀繁华，心切慕之"，因苦求"携带弟子得入红尘"。在"钟鸣鼎食之家，诗礼簪缨之族，花柳繁华地，温柔富贵乡"历尽离合悲欢、炎凉世态的故事。这个故事被记录在一块石头上，由空空道人读取，并和石头进行一番讨论后，改《石头记》为《情僧录》，东鲁孔梅溪则题曰《风月宝鉴》。由曹雪芹在"悼红轩中批阅十载，增删五次"，得以流传。

师：嗯，挺好！

（幻灯片）"虽近荒唐，细谙则深有趣味。"这是作者在开篇对自己写作内容的评判。"荒唐"且不说，请你结合自己的阅读感受，探究"石头故事"这部分内容的"趣味"。

生2：茫茫大士和渺渺真人，我感觉这两个人法力无边，可以在天界地府随意穿越，有一种把人生看穿的透彻。他们首先劝这块石头别去，说"究竟是到头一梦，万境归空"。感觉就是人生悲凉。然而，他们又经不住石头"苦求再四"，又觉得他们还有一些温情。

师：既看透，又不失温情。天哪，你这认识好有高度啊！

也就是说，石头的故事，蕴含人生哲理。那么，同学们试试从石头的角度思考一下，你能感悟到类似的人生哲理吗？

生3：一僧一道劝诫石头结局不过"究竟是到头一梦，万境归空""劫终之日，复还本质"。

可石头依然对体会人生悲欢苦乐、世态炎凉充满向往。说明石头内心很顽固。

师："顽固"，这个说法需要调整吧？

生3：眷恋。

师：太棒了，这个词！确实，同学们解读出的，无论是僧道二人，还是从石头的角度所感受到的哲理，无非都寄予了作者深深的人生感悟：一方面，人生无常、生命短暂，流露出感伤、虚无之情；另一方面内心深处又充满对人生的眷念与执着。

增值性评价：尊重差异，强调过程。

小结1：寄予作者深深的人生感悟。

师：请问，这个故事还有别的价值吗？

（学生沉默）

（老师播放视频1：石头的前世今生——顽石，灵石，灵玉，顽石。）

（播完后，老师提醒同学们关注文本内容：青埂峰，大荒山，女娲炼石补天单单剩余一块"顽石"……茫茫大士，渺渺真人……顽石"无材补天，幻形入世"……空空道人……改《石头记》为《情僧录》，东鲁孔梅溪题曰：《风月宝鉴》，还有题名为《金陵十二钗》……）

（这个时候，学生开始插话。）

生4：介绍《红楼梦》这本书的来历。

师：嗯嗯。

小结2：借"通灵"之说叙述了《石头记》的来历及其成书过程，并引出"石上所记之文"——《石头记》本文。

现在，我们已经总结出两个价值，现在请同学们关注这些内容，你们认为其作用是什么？

引导学生圈点以下内容："不借此套""只取其事体情理""新奇别致""不拘于朝代年纪""消愁破闷""喷饭供酒""令世人换新眼目……"。

生5：讲《红楼梦》的创作目的。

师：是的，其实，文本在借一僧一道的对话，谈论创作意图、方法、形式等。

小结3：代作者立言，是对话体形式的创作谈。

好的，请问大家还有新的发现吗？

生（众人）：顽石有象征贾宝玉的作用。

师：何以见得？

生6："鲜明莹洁的美玉""可佩可拿"，这和宝玉佩戴之玉紧密相连，"昌明隆盛之邦，诗礼簪缨之族，花柳繁华地，温柔富贵乡"，这是贾宝玉生活的环境。

师：确实，"通灵"宝玉是贾宝玉出生时口衔之物、佩戴之物，是贾宝玉叛逆性格及其人生道路、人生经历的一个象征。贾（假）宝玉——真顽石，真顽石——贾（假）宝玉，亦真亦假，两相对应，妙趣横生，感世、愤世、讽世意味浓厚，耐人寻味。

小结4：有隐指贾宝玉之意。

请问，有第5个发现吗？

（学生为难）

老师提示：就石头而言，还有可能跟什么人相关呢？

（引导学生圈点以下内容："独自己无材不堪入选，遂自怨自叹，日夜悲号惭愧。""质虽粗蠢，性却稍通。"……）

生7：是不是也是曹雪芹在自喻呢？

（其余学生应和。）

师：确实，作者以石自况，以石自嘲，借石抒愤。曹雪芹与石头的相似之处主要是两方面：身世经历、性格志趣。

（老师播放视频央视纪录片《曹雪芹与红楼梦》节选部分。）

（出示资料链接。）

小结5：有隐指作者之意。

总结起来，石头的故事蕴含了至少以下5个方面的内涵：

（幻灯片出示）

1. 借"通灵"之说叙述了《石头记》的来历及其成书过程，并引出"石上所记之言"——《石头记》本文。

2. 讲《红楼梦》的创作目的。

3. 有隐指作者之意。

4. 有隐指贾宝玉之意。

5. 寄予作者深深的人生感悟。

好的，石头的故事，也许还有六有七有八甚至第九第十个内涵，现在我们先按下暂停键，转入"还泪"故事的讨论，首先请同学们按老师的提示复述故事。

地点，女主，男主，事件起因，事件结果。

生（齐）：西方灵河岸边三生石畔，有绛珠草一株，时有受赤瑕宫神瑛侍者甘露灌溉，受天地精华，雨露滋养，得换人形，修成女体。神瑛侍者意欲下凡造历幻缘，绛珠仙草为偿还恩情，也下世为人，把其一生所有眼泪还他。

师：好，复述得非常清晰流畅。

请问同学们，你们用什么方式报恩？

生（七嘴八舌）：以身相许，买礼物，请吃饭，给予帮助。

师：绛珠仙草报恩用的是什么方式？

生（齐）：还泪。

师：一般什么时候会流泪？

生（齐）：悲伤至极，喜极而泣。

师：那你们看，这个故事里，无论是报恩的方式，还是流泪的原因，在曹雪芹的笔下都变得如此地奇思妙想，罕见！

小结1：奇思妙想。

师：还有其他趣味吗？

生1：想象丰富。

师：确实，像这样的故事，人界、仙界、宇宙、凡尘，虚虚实实，真真假假，彼此融合，如果没有丰富的想象，那确实做不到。

小结2：想象丰富。

同学们还有别的发现吗？

生2：浪漫感。

生3：这个故事应该还预示着宝黛爱情的真挚深厚，同时是悲剧结尾。

师：嗯，你理解很深刻。

其实，这里面还有更深刻的含义，就是说，"木石前盟"是姻缘前世注定，按理说，后世应该应验，才能显示仙界预示的权威性。同时，宝黛相爱，至真至诚，是抛却世间所有枷锁的灵魂相爱，然而，宝黛最后却不能相守，为什么？

生4：悲剧更能显示力量。

生5：对前世姻缘的否定，也是对传统的否定。

师：你这理解太棒了！确实，这是对宿命论的否定，蕴含作者反传统、反世俗的精神。

小结：

（1）"报恩"是旧题，"还泪"报德酬情，却是奇思妙想，实属"罕闻"。

（2）直接对应作为《红楼梦》情节主线的宝黛爱情，是"泪尽而逝"悲剧的神话解说。

（3）具有反世俗、反传统意味。"木石前盟"与现实的"金玉姻缘"相对抗。宝黛二人一见如故，心心相印，生死不渝，但如此至真至诚的"奇缘"，到头来却如镜花水月，终归"虚化"，人间现实否定了天生奇缘。可见，"还泪"说也是对姻缘前定的宿命论的否定和嘲弄。

关于这个故事，同学们可以继续去研究其美学价值。

现在，事不宜迟，我们来到太虚幻境，同学们在这里都有哪些新的发现呢？

生1：群芳髓。此香乃系诸名山胜境内初生异卉之精，合各种宝林珠树之油所制。

生2：千红一窟，此茶出在放春山遣香洞，又以仙花灵叶上所带之宿露而烹。万艳同杯，此酒乃是百花之蕊，万木之汁，加以麟髓之醅、凤乳之曲酿成。

师：同学们都发现吃的、喝的。（学生笑）有没有观察这里的整体环境？

生3："珠帘绣幕，画栋雕檐""仙花馥郁，异草芬芳"。

师：脂批云："已为省亲别墅画下图式矣。"其实，从这些奇异的配方，到整体的环境，都对后文有很强的预示作用，如宝钗的冷香丸配方，等等。而脂批更清晰地揭示了太虚幻境与大观园的关系：太虚幻境即仙界的大观园，大观园即人间的太虚幻境——幻即真，真即幻，幻中影真，真中影幻。

小结1：就像现实环境的大观园。

如果让同学们这样说下去，一节课也说不完。现在老师找一些内容，考考大家的鉴别力。你能从下面这部分内容看出太虚幻境里的新奇别致吗？

（幻灯片显示）

单位："太虚幻境"。

主管："警幻仙姑"。

工作人员："痴梦仙姑""钟情大士""引愁金女""度恨菩提"。

工作部门："痴情司""结怨司""朝啼司""夜哭司""春感司""秋悲司"。

生4：我觉得特别有意思的是，这个地方叫太虚幻境，而掌管这个地方的人却叫警幻仙姑，这个警幻仙姑的"警"其实是"警示""监督"的意思，这个很有意思。

师：请问这个意思是什么意思呢？（全场笑）

生4：太虚幻境，就是要给人一种虚幻的感觉，而它的主人却有警醒和督促的意味，也就是说要警示，不要陷入虚幻。这不是自相矛盾吗？

师：嗯，有矛盾冲突。你可以继续沿着这条思维路径推论，警幻仙姑想"警其痴顽，使彼跳出迷人圈子"，然而宝玉却终不得悟。正如僧道劝诫其"到头一梦，万境归空"，却依旧苦求入世一样执着。这里是不是也给予了作者创作的哲学思索呢？这个问题，你可以继续去研究一下，看能不能写个小论文，说不定产生轰动效应呢！

（学生笑）

生5：痴情、结怨、春感、秋悲等词，体现了人间儿女基本的感情。这好像没什么新鲜的。

师：你的意思是，单看这几个词不新鲜，但"痴梦仙姑""钟情大士""引愁金女""度恨菩提"组合起来又蛮特别？

生5：是的，但是我不知道怎样做解释。

生6：我觉得"结怨"这个词，好像跟薛宝钗有很大的关联。

师：哦，这好像又是一个新发现，建议你去做一些考证和探究。

我们回到这些词语上来，你们觉得新鲜吗？

（学生默然）

老师出示内容：

"太虚（道）幻境（佛）""警幻（佛）仙姑（道）"亦佛亦道，非佛非道。

"痴梦仙姑""钟情大士""引愁金女""度恨菩提"，"仙姑"与"大士"，"金女"与"菩提"，一道一佛，两相对举，而"痴梦""钟情""引愁""度恨"又非道非佛，全然是世俗化、情感性的词语，不伦不类、离奇古怪。

"痴情司""结怨司""朝啼司""夜哭司""春感司""秋悲司"，俨然人间妇女身世命运、生前身后之档案材料馆，前所未闻，凭空杜撰。

"太虚幻境"的"杂"只是表面的，真正表现的内容却自成一体，戛戛独造。

小结2："杂"中"以我为主"的奇想天开。

现在还是给同学们机会，你们能根据前两个小结，给个"小结3"吗？

（播放视频2：窥见他人命运的春梦。）

增值性评价：强调过程，着眼发展

生7：可以归纳为有很多预示。

师：确实。《红楼梦》的人物是那样众多、复杂，在结构上不能没有一两次笼罩全局的提纲挈领式的叙述。

小结3：预示多而精彩。

师：现在，请大家听这首歌，继续思考，有第4个小结吗？

（播放《枉凝眉》歌曲）

（幻灯片展示歌词）

一个是阆苑仙葩，一个是美玉无瑕。

若说没奇缘，今生偏又遇着他；

若说有奇缘，如何心事终虚化？

一个枉自嗟呀，一个空劳牵挂。

一个是水中月，一个是镜中花。

想眼中能有多少泪珠儿，

怎经得秋流到冬尽，

春流到夏！

师：好，听完了，请问什么感觉？

生8：无比悲凉。

小结4：定下悲凉的抒情基调。

师：在第五回，作者借判词、曲文流露感情或直抒胸臆，怀悼、眷恋、反省、悔恨……种种复杂的感情交织在一起，一唱三叹，如泣如诉，低回婉转。这种基调不仅回荡在太虚幻境，也笼罩了《红楼梦》的全局。

总而言之，"石头"故事、"还泪"故事和"太虚幻境"，一会儿仙界，一会儿梦境，乍一看，诡异、离奇、难懂，但是，经过同学们的认真解读和这节课的交流，我们分明从中窥见现实生活的映照，这里既有宏观的安排与布局，又有幽微处无数令人遐思的悬念和伏笔，可谓天上地下、亦真亦幻，扑朔迷离，又真实可信，其艺术构思不可谓不深。

都言作者痴，谁解其中味。作家毕飞宇评价《红楼梦》："无论你有多大的智慧，这部书都罩得住你，反过来，无论你多么浅薄，哪怕只是识字，《红楼梦》你也能读，一样有滋有味。"从这节课，我感受到了同学们走进《红楼梦》艺术殿堂里有所发现的快乐，下回继续！

三、教学反思

本节课从以下几个方面积极探索与凝练"融·乐"课堂教学经验。

1. 目标确立

本课例着眼于高中语文核心素养设立教学目标，选取《红楼梦》整本书阅读这一教学难点，促进学生语言、思维、审美与文化这四方面素养的全面发展。

2. 五育融合

融合了"对人生的执着"等德育要素、积累语言素材与提升表达能力等智力要素、艺术欣赏的美育要素以及批阅十载增删五次等创作艰辛的劳动要素教育。

3. 技术赋能

借助课堂游戏功能，激活课堂，结合学生年龄特征与时代特点，融合视频资源，丰富课堂容量，启迪学生进一步探究"神奇故事"的内涵，激发表达热情，提升文学作品的鉴赏能力。

4. 教学评一致性

教师乐教乐研，以挖掘故事的"深趣"为主线，引导学生层层深入解剖文本的"奇辞奥旨"，借机认识《红楼梦》的创作意图、宝黛爱情的悲剧内涵、金陵人物的命运预示、前五回与后面内容千丝万缕的联系、作者给予的深刻人生感悟等小说的关键内容。

学生乐学、乐思、乐动，课堂思维活跃，能积极思考与表达。

教学过程中，开展增值评价，关注学生学习起点，尊重各自的理解差异，重视探讨与生成的过程，注重引导和启发，对学生课堂表现给予及时点评与激励。采用过程性评价，引导学生个体得到从起点到终点的过程性收获。

5. 对"融·乐"课堂教学的基本要素的思考

教师深研课程标准、教学内容，研究学情，恰当确立教学目标，精心设计教学任务，选择既符合学科特点又适合学生身心特点的教学方法，充分预设教学过程中学生可能的表现，善于利用科学技术为教学赋能，恰当使用多种评价方式，如科学的定量评价、灵活的过程性评价和激励性的增值评价。

红楼专题学习成果示例

专题任务呈现：

（1）结合文本做人物形象赏析，从以下人物中选择一个：贾宝玉、林黛玉、薛宝钗、王熙凤、贾政。字数要求1000字以上。

（2）"请红楼人物来吃饭"。要求：如果由你主持一个饭局，你想请《红楼梦》里的什么人物一起吃饭？说明理由。然后列出菜谱，并说明理由。字数要求1000字以上。

（3）"为贾宝玉发个朋友圈"。要求：就宝玉挨打事件，设想贾宝玉会有哪些想法？会用什么方式展示在朋友圈？不少于500字。然后设置10条朋友圈回复，要有具体姓名（是贾宝玉周边的人物），回复内容不少于50字。

贾宝玉人物形象赏析

高一（1）班　吴骐

贾宝玉在《红楼梦》首次被提及，是在第二回冷子兴演说荣国府中。他说这位公子，"一落胎胞，嘴里便衔下一块五彩晶莹的玉来，上面还有许多字迹，就取名叫作宝玉"。这体现了他奇特的来历，照应前文的"通灵宝玉"，为后文写薛宝钗有金锁，他们之间所谓的"金玉良缘"以及一系列的故事埋下伏笔。之后，便是通过冷子兴讲述贾政让贾宝玉抓周来"试他将来的志向"的故事，结果却是贾宝玉"只把些脂粉钗环抓来"被他爹怒斥将来必是酒色之徒。

但是冷子兴又说，"虽然淘气异常，但其聪明乖觉处，百个不及他一个"。从后文他初见林黛玉却说是"曾见过的"，这在那时算是疯话，但之后自圆其说是"看着面善，心里就算作旧相识"，可以看出他的机智伶俐。贾宝玉还说过："女儿是水作的骨肉，男人是泥作的骨肉。我见了女儿，我便清爽；见了男子，便觉浊臭逼人。"冷子兴说他将来是色鬼无疑，其实不然。这其实是他热爱女性、尊重女性、崇拜女性的一面。随后，就是在第三回中王夫人对贾宝玉的评价，"孽根祸胎""混世魔王"，说他"一时甜言蜜语，一时有天无日，一时又疯疯傻傻"，展示了他性格的乖张，与封建世俗格格不入，是封建社会中的"叛逆者"。但又由于他是王夫人唯一的儿子，且自幼受贾母疼爱，所以无人敢管。后文《西江月·批宝玉二首》也非常恰当地描写了贾宝玉："无故寻愁觅恨，有时似傻如狂。纵然生得好皮囊，腹内原来草莽。潦倒不通世务，愚顽怕读文章。行为偏僻性乖张，那管世人诽谤！富贵不知乐业，贫穷难耐凄凉。可怜辜负好韶光，于国于家无望。天下无能第一，古今不肖无双。寄言纨袴与膏粱，莫效此儿形状！"在我看来，这其实是对贾宝玉的判词。"生得好皮囊"展示了贾宝玉的英俊多情，"腹内原来草莽"暗示了他无经世致用的学问，"不通世务"指贾宝玉不通人情世故，也就是封建社会中虚伪的人际关系……但这些其实是似贬实褒，正话反说。从当时角度来看，这其实是贬低，是封建大潮中一股逆向而行的暗流，不与世俗接轨；但从现在来看，这是一种"众人皆醉我独醒"、富有叛逆反抗精神的个性特征。

在我看来，在封建时代，贾宝玉最难能可贵的性格是追求平等，平等喜欢、对待身边的女性。也就是警幻仙姑所说的"意淫"。这种性格放在当今当然是大好的，但在当时，唯有他是振兴贾府的唯一希望，众人希望他"改悟前情，留意于孔孟之间，委身于经济之道"，他却辜负了好韶光。而我想说的不是这个，而是他对女性的态度，他对所有人都真诚以待，是一种民主主义、人道主义，而不像其他男子，将女子视为玩物，妇随夫命、男尊女卑……例如，撕扇博晴雯千金一笑，可以看出来他是真心诚意的。再如，平儿理妆一节，宝玉给平儿涂脂抹粉，他尊重和欣赏身边每一个人。他喜欢美的东西，偏爱静静地看着，还有类似他给史湘云的被子盖严实，担心风吹得她肩窝疼，这种例子，比比皆是。但实际上，他所尊重的女性仅限于未婚少女，他曾说"女孩儿未出嫁，是颗无价之宝珠；出了嫁，不知怎么就变出许多的不好的毛病来……竟是鱼眼睛了"。"一嫁了汉子，染了男人的气味，就这样混账起来，比男人更可杀了！"就像是那些婆子，他就更不喜欢了。一个笑话就是何婆子（芳官干妈）本想讨好贾宝玉帮他吹汤，被晴雯大喊"出去""你让她砸了碗，也轮不到你吹"，可见贾宝玉对婆子的排斥。可他又不讨厌刘姥姥，还对她充满善意，如替刘姥姥说情保留她用过的杯子，让她去卖钱。这是为什么？我想大概是刘姥姥的贫穷，打动了贾宝玉的善良之心。

　　贾宝玉还是一个天赋秉性优越的人，但世人却认为他个性乖张。放在如今这个年代，他应该是不可多得的人才。他在诗歌方面灵性很高，如他的《夏夜即事》，包罗万象，生动地体现了他们逍遥、快乐的生活。可惜在功业方面，他厌恶考取功名参加科举，而贾府的希望却全都寄托于他，这也就酿成了后来的悲剧。"术业有专攻"，不是所有人都具备养家能力。

　　但是宝玉的性格有局限性：他的思想仍有狭隘的地方，如纨绔子弟的一些生活习气。

红楼清流林黛玉

高一（2）班　王晓非

"以花为貌，以鸟为声，以月为神，以柳为态，以玉为骨，以冰雪为肤，以秋水为姿，以诗词为心。"这是《幽梦影》一书中所描绘的美人形象。

在我看来，这字字句句都似在刻画林黛玉的模样，黛玉，是我心中美人的不二之选。

在世人眼中，林黛玉有不少刻板的、概念化的形象，像什么娇滴滴、哭啼啼，说话尖酸刻薄，等等，最近更是流行什么"黛玉发疯文学"……说实话，这些确实是林黛玉的特点之一，但这远不是完整的、真实的林黛玉，林黛玉有太多令人爱之敬之的另外一面，天真烂漫、幽默风趣、博览群书、才华横溢，说起话来思维敏捷、妙语连珠，玩起段子来更是信手拈来、脱口而出、不落俗套。海棠诗社里，众人共论风雅的名号。探春喜芭蕉，自称蕉下客。而黛玉打趣道："你们快牵了她去，炖了脯子吃酒。"众人不解，她却道出"古人蕉叶覆鹿"的典故，引得众人捧腹大笑。很多场合，黛玉说典故、巧引申的能力很强，都引得在场的人物开怀大笑，的的确确是大观园里的开心果。

很多读者，都看到了林黛玉独立群芳、孤高傲世的一面，这也确实没错。在小说的前部分内容里，确实有她任性与骄纵的一面，但那只涉及情绪价值，不存在是非虚实善恶的立场抉择。从心而论，林黛玉真是个热心热肠的良善之人，她待人接物亲切友好，品行真诚，心胸开阔。她待贾府上下一律平等，大到对已经为贵妃的贾元春，不上前百般恭维，小到和紫娟、雪雁等丫头姐妹相称，打成一片，她追求的是一种人格上的平等。在面对紫娟的无礼说辞时，她也丝毫不会在意。在香菱恳切请教学诗时，薛宝钗没有接受，而林黛玉却非常热心高兴地答应帮助。即使面对暗暗较劲的"情敌"宝钗，在误解破除后的道歉，她也完全释怀，放下心中的芥蒂，促成了钗黛交心的"名场面"。如果说黛玉孤傲，那这种孤傲，其实是对权贵没有阿谀、巴结讨好的干净、率真，朴实自然，是人性光辉的孤标傲世。在黛玉的交际圈，一颗真心，是互相交往的"入场券"。

　　说到林黛玉的爱情，那叫一个凄美和悲凉。她自始至终深爱着宝玉，宝玉也与黛玉难舍难分。即使宝玉花心与多情，也将黛玉放在心头第一位，就如有一次宝玉在众客面前表现俱佳，小厮们跑来讨赏，将他身上的荷包"洗劫而空"，黛玉以为将她赠予的荷包一并送了小厮，因此非常生气，结果发现那荷包夹在宝玉的内衬里。宝玉曾对黛玉说："我心里的事也难对你说，日后自然明白。除了老太太、老爷、太太这三个人，第四个就是妹妹了。"在封建大家族中，在长幼尊卑的礼教下，他能说出此番话，可见黛玉在宝玉心中的地位非同一般。那么为何林妹妹对他如此重要呢？我想世间事，定有个投缘的、默契的、惺惺相惜的心在召唤另一颗同样的心，两心相遇，世间不再孤独。至于不孤独的表现，在小说中有多处呈现。例如，湘云劝宝玉留心仕途经济，宝玉说要是林妹妹说过这些混账话，早就和她生分了。这就是懂，懂他的鄙夷俗世，懂他的志趣价值，懂得，才有了俩人难舍难离的情分。

　　"质本洁来还洁去，强于污淖陷渠沟。"黛玉像周敦颐笔下那亭亭玉立的白莲，"出淤泥而不染，濯清涟而不妖"。她是红楼的一股清流，以薄薄绵力抨击着腐朽不堪的时代，以萤烛末光闪耀于官僚与权贵的黑暗腐朽之中。

王熙凤，何等人也

高一（2）班　梁曦雯

有头有脸王熙凤，虽然说了一句"我来迟了"，但她其实是来得恰到好处的人，一到即艳光四射。"这个人打扮与众姑娘不同，彩绣辉煌，恍若神妃仙子：头上戴着金丝八宝攒珠髻，绾着朝阳五凤挂珠钗；项上戴着赤金盘螭璎珞圈，裙边系着豆绿宫绦、双衡比目玫瑰佩；身上穿着缕金百蝶穿花大红洋缎窄裉袄，外罩五彩刻丝石青银鼠褂，下着翡翠撒花洋绉裙。一双丹凤三角眼，两弯柳叶吊梢眉，身量苗条，体格风骚，粉面含春威不露，丹唇未启笑先闻。"未闻其人，先闻其声，这是王熙凤的首次出场。

王熙凤是何等人？她是金陵世族王家的女儿、贾琏的妻子、贾母最为器重的孙媳妇、荣国府的当家奶奶、大家伙儿口中的"凤辣子"。

凡鸟偏从末世来，都知爱慕此生才。

一从二令三人木，哭向金陵事更哀。

这是王熙凤的判词，高度赞扬了王熙凤做事的才能，也暗示了她最终性命被害的悲惨结局。她的存在是《红楼梦》的重要支柱，她的形象更是丰富饱满，宛若我们身边有血有肉的真人。

《红楼梦》中第三回提到，王熙凤"自幼假充男儿教养的"，即从小被当作男孩教养，使她在潜移默化中形成了能说会道、精明能干、自信果断的性格特点，为她掌管贾府上上下下的事务打下了坚实的基础。用当下的话来说，是当之无愧的"女强人"。

在第三回中，林黛玉初进贾府，她以一句"天下真有这样标致的人物，我今儿才算见了！况且这通身的气派，竟不像老祖宗的外孙女儿，竟是个嫡亲的孙女，怨不得老祖宗天天口头心头，一时不忘。"不仅恭维了贾母，又夸了黛玉，还顺带将在场的"迎探惜"三姐妹也赞了一番。她的出场，用三两句话便转移了话题，将当时的氛围转悲为喜，缓和了黛玉离家之痛与贾母作为外祖母对外孙女的百般怜惜心疼，一个善于察言观色、八面玲珑、心思细腻的女子形象跃然纸上。

在第十三回、第十四回中，王熙凤协理宁国府，面对未曾处理过的全新领域，她丝毫不怯场，甚至打心底愿意接下这桩事，让自己的才能在更高处施展。她通观全局，针对问题一一提出解决方案，有条不紊地分派众人岗位，各司其职，随后以身作则，当遇到违纪的小厮，依法治理，在众人面前树立了极大的威信，此后再不敢有违纪现象，这是她管理才华的极佳表现。"刚到了宁府，荣府的人跟着；既回到荣府，宁府的人又找到荣府。"文中的这句话更是充分体现了王熙凤这个人物对于荣宁两府的重要性。

但王熙凤的心思绝不止于表面上的大大咧咧。在第十一回、第十二回中，贾瑞对王熙凤起了歹心，她明中假意勾引贾瑞，暗地里又设局折磨他，将他玩弄于股掌之中，最终贾瑞受不了精神与肉体上的双重折磨，因一己欲望害死了自己。整件事情看似与王熙凤无关，实际上却有着千丝万缕的联系，王熙凤的心狠手辣、阴险歹毒令人发指。

王熙凤还有一个极大的特点，对金钱充满欲望，不惜为此干些伤天害理的事。在第十五回中，她为了三千两银子，不惜拆散一桩美满姻缘，导致张金哥自缢，守备之子投水殉情，活生生断送了两条人命。"自此凤姐胆识愈壮，以后有了这样的事，便恣意的作为起来。也不消多记。"文中的这句话，虽不起眼，但却暗示着王熙凤谋财害命的事迹绝不止这一件，甚至越发地肆意妄为。

王熙凤不是一个扁平的人物，她是美与恶的交织体，但正因为如此，这个人物才被赋予了灵魂。在当时的封建社会中，王熙凤既是残酷社会现实的缩影，也是冲破黑暗的一丝光明。她是封建贵族铺张靡费的代表，也是"巾帼不让须眉"的独立女性。这就是王熙凤，令人又爱又恨的王熙凤。

道不尽的王熙凤

高一（1）班　何清晖

王熙凤的形象，可谓好看，可谓复杂，可谓三言两语说不清。

王熙凤的长相与穿着已经是我能感受到的极致高贵。"头上戴着金丝八宝攒珠髻，绾着朝阳五凤挂珠钗；项上带着赤金盘螭璎珞圈，裙边系着豆绿宫绦、双衡比目玫瑰佩；身上穿着缕金百蝶穿花大红洋缎窄裉袄，外罩五彩刻丝石青银鼠褂；下着翡翠撒花洋绉裙。一双丹凤三角眼，两弯柳叶吊梢眉，身量苗条，体格风骚。粉面含春威不露，丹唇未启笑先闻。"人称"凤辣子"，其性格形象更是丰富独特。

其精明能干，条理清晰的治家才能，堪比当今一流企业大管家，头脑清晰，虑事周到，分工合理。在第一回至第二十回体现得淋漓尽致的便是秦可卿死后，王熙凤协理宁国府。一接手协理任务，王熙凤便罗列出宁国府需处治之关键："头一件是人口混杂，遗失东西；第二件，事无专执，临期推委；第三件，需用过费，滥支冒领；第四件，任无大小，苦乐不均；第五件，家人豪纵，有脸者不服钤束，无脸者不能上进。"这五点，不仅清晰至极，更是准确到位，由此可见，王熙凤处理家事时精明、有条理的思考。后文吩咐下人时"这二十个分作两班，一班十个，每日在里头单管人客来往倒茶……这二十个也分作两班，每日单管本家亲戚茶饭……这四十个人也分作两班，单在灵前上香添油、挂幔守灵、供饭供茶、随起举哀……"多少个人一班？单管什么事？有什么事需管？大到照管门户，监察火烛，小到倒茶送饭，王熙凤均能想到，简洁明了，干练娴熟，真可谓面面俱到。这就体现了王熙凤之精明能干，正是"裙钗可齐家"。

　　有不少读者认为王熙凤努力管家的主要原因是贪财，其实我更觉得是她争强好胜、表现欲强的本性。这既是王熙凤的性格弱点，也是其性格亮点，说是贯穿第一回至第二十回也不为过。王熙凤在林黛玉初进贾府时便夸奖她："这通身的气派，竟不像老祖宗的外孙女儿，竟是个嫡亲的孙女。"与王夫人对话时所说"这倒是我先料着了，知道妹妹不过这两日到的，我已预备下了"。这些话都是因王熙凤极想表现自己，突出自己，让贾母欢心，让林黛玉知道自己也是关心她的，让众人知道自己是一个思虑周全，亲切可信的人。后文亦说到"那凤姐素日最喜揽事办，好卖弄才干，虽然当家妥当，也因未办过婚丧大事，恐人还不服，巴不得遇见这事"。王熙凤一见贾珍前来，心中早已欢喜，后又爽快回答："有什么不能的。"这足以看出王熙凤想不断揽事，一方面提升办事能力，另一方面想找出风头的机会，让贾府众人认可自己，敬佩自己。而贾元春省亲回宫后，荣宁二府人人力倦，个个神疲，写王熙凤却是这般言语——"本性要强，不肯落人褒贬，只扎挣着与无事的人一样"。这更体现了她的倔性子，她的争强好胜。这样的性格，一方面让她受贾母欣赏因而在理家上风光无限，另一方面也因此导致她疲累交加、调养失时，最终身体承受不住，导致悲剧结局。

　　王熙凤还是一个特别心狠手辣、善于算计的人。在第十三回中，王熙凤假意要与贾瑞幽会，却是满心算计，想着捉弄贾瑞：先是将贾瑞困在贾府中冻了一夜，见贾瑞前心未改更是变本加厉地捉弄，把他骗入屋中使得贾蓉、贾蔷敲诈他，还泼了他一桶尿粪。经此一吓后，贾瑞病得卧床不起，神魂颠倒，而王熙凤身为罪魁祸首，心中非但没有丝毫内疚，还在替荣府送药给贾瑞时弄虚作假，滥竽充数，间接导致了贾瑞的死亡，真可谓毒辣至极啊！

最后，我还想说说她贪婪自私、恃强凌弱的一面。在铁槛寺，王熙凤便独吞张家三千两银子，硬将金哥与长安守备之子分开，导致两人双双殉情，她却瞒下全部，自此以后还"恣意的作为起来"。王熙凤不仅贪婪自私，还恃强凌弱：对待贾母，她是一味地讨好；对待贾宝玉，她是一味地满足；对待林黛玉、薛宝钗等姊妹，她是一味地关切……而对待与自己不熟的人呢？那态度可就截然不同了——一个宁府仆妇，因为一次迟到，就被她罚得大打二十板子，革一月银米；对待赵姨娘，她即使是路过也毫不犹豫地教训一顿。可见她待人有别，恃强凌弱。她够乖、够甜、够灵活、够殷勤、够洞彻，这是对她认为值得的人。同时，她还够狠、够凌厉、够狡猾、够高高在上。

王熙凤这个角色，不是三言两语说得完的，作为中学生读者，我觉得细细思考，别有意趣。

优秀的女2号薛宝钗

高一（2）班　刘洁盈

作为金陵十二钗之一，薛宝钗是个不折不扣的大家闺秀。她才华横溢，容貌娇美，懂得为人处世的道理，是《红楼梦》中人物形象较为丰满的一个角色。

相信读过红楼梦的人，都会认可薛宝钗是个不折不扣的才女。原文中说道："令其读书识字，较之乃兄竟高过十倍。"在封建时代能有这般学识不是一件容易的事。并且无论是诗词歌赋、曲艺杂谈、佛典医学、琴棋书画，还是传统的当家理政和女红，好像这些东西里还没有宝钗不精通和不擅长的。各地风土，处事之万般皆通，就连医药之理，宝钗也略知一二。在劝宝玉喝热酒时，宝钗说道："酒性最热，若热吃下去，发散的就快；若冷吃下去，便凝结在内，以五脏去暖他，岂不受害？"可见宝钗见识范围之广。宝钗还擅长作诗，《咏白海棠诗》更是在大观园一众才华出众的儿女中一举夺魁。

此外，宝钗还有优秀的管理能力和经商头脑。在大观园改革中，宝钗引用朱熹的一句话："夫天下之物，皆物也，而物有一节之可取，则不为世之所弃。"宝钗具有将实际与书本理论相结合的头脑，对于现实中发生的事情，她也能将这些俗事上升至"理论"层次，然后根据自己的博学，抽丝剥茧对问题进行分析。"学问中便是正事，此刻于小事上用学问一提，那小事越发作高一层了。"在探春陷入纠结的"让谁承包"的问题上，宝钗是这么回答的："幸于始者怠于终，缮其辞者嗜其利"。不仅如此，宝钗还进一步提出，将大观园的收益分发给婆子们，并让承包的婆子们每年拿出若干钱来分给园中其他妈妈们，这样园中每个人都能有所收益，宝钗的提议立刻得到了园中众婆子们的赞许。这一招帮助宝钗收揽了人心。

除了上面所说的两个优点，薛宝钗之所以能在贾府获得大家的称赞，她还有一个秘诀：懂人情世故。宝钗"会做人"，秉持着"不关己事不开口，一问摇头三不知"的为人处世原则，使她不像黛玉一样用尖酸刻薄的话指出别人的问题，只为心里明白就可以了。贾母喜欢热闹，宝钗便点了《鲁智深醉闹五台山》这样的热闹戏哄贾母开心。连一向嫉妒她的、心性高傲的林黛玉，最终都心悦诚服地认可了宝姐姐，并将其认作知己。贾府上下，主子仆人，都跟她合得来，连赵姨娘都称赞她"会做事"。

纵使薛宝钗才貌双全，然而她并没有逃离封建社会的魔爪。宝钗既是当时正统淑女的典范，也是封建礼道的殉道者。她信奉封建礼教，曾多次规劝宝玉"仕途经济""立身扬名"之道，引起宝玉的反感。"自父亲死后，见哥哥不能依贴母怀，他便不以书字为事，只留心针黹家计等事，好为母亲分忧解劳。"为了家庭只留心女工家计等事，恪守所谓的"妇道"。她是别人眼中知书达理的大家闺秀，她不像林黛玉可以任性，可以恃宠而娇，在贾府里，她小心仔细地观察大家，以便能招揽人心。这说明宝钗是骨子里接受、认可并践行封建正统观念的女孩子。

薛宝钗尽管外貌、才华、为人都出类拔萃，然而最终也没有逃脱悲剧命运。从宝钗的各种表现可以看出，她是爱着贾宝玉的。但是最后，她什么也没得到，大家口中的金玉良缘虽然成了，但对方却是一个不爱她的人。大多数读者也是赞赏两情相悦的木石前盟，对金玉良缘这一封建婚姻存有不满。可谁又能理解宝钗的心情呢？她不是大家心目中的女主角，她的情绪也不能随意宣泄，不禁令读者们悲叹、唏嘘感慨。

诗才横溢薛宝钗

高一（1）班　何清晖

出自"丰年好大雪，珍珠如土金如铁"这样的豪门贵族，薛家薛宝钗本就衣食无忧，诗词天赋极高，在闺阁中应是欣赏花草，品味字画，写诗作赋的。

薛宝钗对诗词是有自己独特的看法的。在与史湘云夜拟菊花题时，她便说道："诗题也不要过于新巧了。你看古人诗中那些刁钻古怪的题目和那极险的韵了，若题过于新巧，韵过于险，再不得有好诗，终是小家气。诗固然怕说熟话，更不可过于求生，只要头一件立意清新，自然措词就不俗了。"在限韵时，她又如此说道："我平生最不喜限韵的，分明有好诗，何苦为韵所缚。咱们别学那小家派，只出题不拘韵。原为大家偶得了好句取乐，并不为以此难人。"在这两段话中，她都提到一个词"小家子气"。由此可见，她心怀宽广，从不会在这些小问题上斤斤计较，迂腐固守，而是以顾他人、顾众人的乐趣为紧要事。下面我们就不妨细细品读她写的其中一首菊花诗：

画　菊

诗余戏笔不知狂，岂是丹青费较量。

聚叶泼成千点墨，攒花染出几痕霜。

淡浓神会风前影，跳脱秋生腕底香。

莫认东篱闲采撷，粘屏聊以慰重阳。

短评：这首诗生动地写出了如何画菊及菊画的神韵。首联点题，写了画兴大发的原因，虽是起笔平平，但"不知狂"已隐隐写出她潇洒淡然的性格。颔联写作画过程，"聚叶""泼墨""攒花"都是绘画术语，更体现她多才多艺，对中国画技艺的谙熟。颈联写"画"的效果，把实物实景与想象幻觉融合，虚实相生。尾联则点出了"画"的意义和作用。全诗中颔、颈两联运用通感修辞，以花喻人、以人比花、人花相映，充分流露出薛宝钗自视高明、与众不同的思想情趣。

品完菊花诗，以下还有一首薛宝钗较为少见独特的诗：

螃蟹咏

桂霭桐阴坐举觞，长安涎口盼重阳。

眼前道路无经纬，皮里春秋空黑黄。

酒未敌腥还用菊，性防积冷定须姜。

于今落釜成何益，月浦空余禾黍香。

短评：同是咏蟹，薛宝钗的《螃蟹咏》却塑造了另一种形象，先是以"长安涎口"的典故贬蟹以讽刺世人，后又以"皮里春秋空黑黄"的颔联针对贾宝玉的"横行公子却无肠"进行争辩，而诗题进入末尾，却是写螃蟹横行终被吃掉，没有好下场来警诫规劝贾宝玉这样不合世俗、不走正路的人。为什么说这首诗独特少见呢？因为薛宝钗是从一个封建卫道者的角度来写这首诗的，情感态度近乎偏执，深恶痛绝之情更是溢于言表，已是大失大家闺秀的风范了。

最后，我们再来看一首辞藻华丽的诗：

咏白海棠

珍重芳姿昼掩门，自携手瓮灌苔盆。

胭脂洗出秋阶影，冰雪招来露砌魂。

淡极始知花更艳，愁多焉得玉无痕。

欲偿白帝凭清洁，不语婷婷日又昏。

短评：这首诗第一句即体现"含蓄浑厚"的风格特色，"芳姿"二字，既是写海棠的美，也是写诗人洁身自爱，因此以"昼掩门"来达到与世隔绝；颔联采用倒装句式，形象生动，海棠孤清淡雅的画面令人挥之不去；颈联一语双关，"淡极"写自己自矜、自信、安分端庄，"愁多"却是讽刺黛玉、宝玉多愁善感……全诗雍容典雅，将薛宝钗矜持、深藏不露的性格展现得淋漓尽致。

即使薛宝钗是一个封建卫道者，但她端庄优雅、才华出众的特点仍说明她是一个大家闺秀。

可叹停机德，金簪雪里埋

高一（1）班　刘悦霖

薛宝钗是红楼梦中一个重要的女主角，从她的身上折射出封建时代的影子和悲哀的女性的一生，她是曹公笔下一个十分饱满的人物，既有优点也有缺点，很值得读者深思。

薛宝钗出生于四大家族之一的薛家，宝钗出生时，薛家已经是皇商了，地位大不如以前。宝钗父亲早逝，只有母亲和一个呆霸王哥哥。薛家想要改变家族的命运肯定不能依靠薛蟠，要另寻出路。顺其自然地就引出宝钗三人进京的目的——选秀。选的不是秀女，而是公主等人的伴读。由此可见宝钗是真的有才华，不然怎么有机会去选公主伴读。

随着小说情节的展开，她的学识也日渐被大家看见。在第十八回中，贾元春回府省亲，让宝玉、黛玉、宝钗、"三春"几人写诗。贾元春既能代表家族入宫做妃子，那么样貌学识自然是一等一地好，然后贾元春夸赞了黛玉和宝钗二人写的是最好的。在贾宝玉写诗时，宝钗也是很贴心地指出"他因不喜'红香绿玉'四字，改了'怡红快绿'；你这会子偏用'绿玉'二字，岂不是有意和他争执了？"正当宝玉记不起用什么典故好，宝钗便告诉了宝玉。由此处亦可知宝钗有丰富的知识储备，只是不在关键时刻，从不轻易显摆。

宝钗出生于大家族，颇有大家闺秀的性情，稳重平和、恭顺体谅。最典型的情节就是宝钗点戏，宝钗知道贾母喜欢热闹，就点了《西游记》和《鲁智深醉闹五台山》，惹得贾母很高兴。另外，史湘云偶然起兴，想做东邀众人一起开设海棠诗社，可父母早亡，在家里听叔叔婶子的，花钱做不得主。宝钗见状便帮着史湘云，说是邀请姐妹们吃螃蟹，快完了时便念上几句诗，还照顾到了史湘云的自尊心，处事完美，懂得照顾别人。

此外，她还深明大义，能辨别是非，遵守规矩。在第四十回，大家团团围坐行酒令时要求说一句诗和一句现成话，黛玉引用了两句诗："良辰美景奈何天"，"纱窗也没有红娘报"。这两句分别出自《西厢记》和《牡丹亭》，在那个对女子限制繁多的时代，大家闺秀不能看这个，更不能当众说出来。别人对黛玉的话都没有在意。宝钗当时的反应是，扭头看了黛玉一眼，没言语，但记在心里。等她们两个单独相处时，宝钗玩笑似的说："你跪下，我要审你。好个千金小姐，好个不出闺门的女孩儿，满嘴里都说的是什么！"看黛玉蒙了，没有了平时的伶俐尖刻，宝钗就拉她坐下，款款给她讲大道理：我们女孩子啊，不要看那些杂七杂八的书，乱了心性。如果真是这样，就不如不识字的好。既然识了字，该看正经书。看些杂书，乱了性情，就不可救了。女孩子的正经事还是针线纺织，这才是正理。黛玉感动宝钗不当众揭穿而私底下婉劝的真诚善意。

可也是因为这个"遵守规矩"的性子，使追求灵魂契合的宝玉一直认黛玉才是知己。黛玉性子直，从不遮遮掩掩，有话就说，带有一分矜持。而宝钗外热内冷，做事总有条条框框束缚着。宝玉心性活泼，厌烦读书、做官入仕。宝钗鼓励宝玉读书，黛玉让宝玉做自己想做的，自然宝玉就喜欢黛玉而不是宝钗了。

宝钗总秉持着事不关己高高挂起的态度，冷漠无情、权衡利弊的性格使这个人物更加丰富。金钏投井自杀，明眼人都知道金钏是因为自己行为不检点被王夫人扇耳光而羞辱自杀的。王夫人吃斋信佛，当她在宝钗面前无比伤悲地提起这件事时，宝钗就说她是失足掉下去的，不是王夫人的错，叫王夫人打发几两银子给她就算了。一条人命在宝钗的眼里才值几两银子，也难免让无数读者据此批评她冷漠。

宝钗外热内冷，这种性格总是能很好地保护自己，可是在迂腐的封建社会这个大环境下，独善其身是不可能的。宝钗被迫嫁给了不爱她的宝玉，这是宝黛爱情的悲哀，何尝又不是宝钗的悲哀。终究是她日夜信奉的封建礼制把她推向悲哀的结局。如果说黛玉是红学迷们的白月光——爱而不得，可望而不可即，那么宝钗就是红学迷们的朱砂痣——曾经拥有，无法忘怀，却终究错过。